Lina Stöhr, Hoimetkläng

Lina Stöhr

Hoimetkläng

Schwäbische Gedichte

Verlag Karl Knödler
Reutlingen

Bei der vorliegenden Ausgabe
handelt es sich um eine Neuausgabe der früher
im Adolf Bonz Verlag erschienenen Titel
„Hoimetkläng" und „Katzawedel"

2. Auflage

Printed in Germany 1987
Umschlagfoto: Robert Holder, Urach
Herstellung: Druckerei Harwalik KG, Reutlingen
ISBN 3-87421-073-1

Hoimet und Fremde

Wean tuet's wohl en d'r Jugendzeit
et noch d'r Fremde blanga?
D'Welt möcht m'r sich erobera
und d'Stern vom Hemmel langa.

Ons Schwoba steckt d'r Wandertrieb
von jeher en de Boiner,
und hot m'r guete „Wanderschuah“,
no roist halt onseroiner.

I hau als o'reifs Menschakend
da Kopf schau vola Flausa –
soll i bis an mei' selig's End
en so ma Kuahheft hausa?

Zom Roisa kommt a G'legaheit,
dui hau-n-e glei ergriffa,
hau kreuzfidel mei Bendel g'schnürt
und uf mei Hoimet pfiffa.

Ka' au a Mensch so kalt wia-n-i
vom Elternhaus sich trenna?
I hätt bei Gott en Zwiebel braucht,
daß i hätt heula könna.

Jetzt goht's heidi em Bommelzug –
narr, derfst jo d'Zeit et spara!
„Tua langsam, Zügle, 's ischt so schö',
durch d'Welt spaziera fahra."

Jetzt bischt am Ziel em fremda Land,
glei ema Allmachtstrubel –
do stohscht jetzt mit deim Baurakopf,
und aus isch mit em Jubel.

Des Volk, des schwätzt a Kauderwelsch –
mir g'fällt's et, i müßt lüega –
bis d' endlich woischt, was oiner will,
do könntescht Jonge kriega!

I lern des Zuig, so guet e ka',
schaff äll Tag o'verdrossa,
und wenn m'r's schier zum Heula wär,
no lach e, grad zum Possa.

Am A'fang goht's, do mueß m'r doch
au Land und Leut studiera,
und gar en so ra graußa Stadt
tuet viel oin entressiera.

Doch wenn m'r älles kennt und woiß,
no fangt m'r a z'vergleicha –
d'Begeisterong für's fremde Land
tuet noch und noch entweicha.

Koi Hond bellt wie bei ons d'rhoim,
und fremd miauet d'Katza –
mit Leut und Viecher wirscht et warm –
ausspotta tent de d'Spatza.

Und glotzt d'r Mond zum Fenschter rei,
tent heimlich d'Träna fließa –
„gelt, tua m'r au em Schwobaland
mei Müeterle schö' grüeßa!"

Em Früehleng fang a alter Baum
em Hof z'mol a mit Blüha,
i hair a Amsel uf em Dach,
sieh d'Wandervögel zieha.

Jetzt wird d'rhoim d'r Wald schau grea,
und Tulpa hot's em Gärtle.
Mei Bande schickt statt ama Brief
a lompig's A'sichtskärtle.

Daß i so grausig 's Hoimwaih hau,
des könnet dia et wissa –
bei Nacht schrei i en d'Decke nei,
sonst hätt m'r's Herz verrissa.

Und oinaweg gang i et hoim –
i will me et blamiera,
beiß fescht uf d'Zäh, verdruck mei Weh,
tua 's Johre lang präschtiera.

Doch endlich goht's d'r Hoimet zua!
Em Zug könntscht Gichter kriega –
em Schneckatempo gautschet der,
und i, i möcht doch fliega.

Was spür e denn em Herza dren
uf oimol für a Grabbla?
„D'r Hoimet zua, d'r Hoimet zua!"
Tuet deutsch jetzt 's Zügle bappla.

Ach Gott, jetzt hair e neaba dra
a schwäbisch Liedle senga –
o Muttersproch, o Hoimetlaut!
Mei Herz will grad versprenga.

„Lauf, Zügle, lauf! D'r Kirchturm wenkt –
grüeß Gott, du Alter, Lieber!"
Mir wird's uf oimol hoiß und kalt –
Herrgott, hau-n-i denn Fieber?

Am Bah'hof stoht mei Müeterle –
„wia, Zügle, wit et halta?"
Ihr Buckel ischt vom Schaffa kromm,
und 's G'sicht ischt vola Falta.

Äll meine Liebe standet do –
i ka' s' jo kaum begrüeßa –
i hau, i sag's zu meiner Schand,
wia Schloßhond heula müeßa.

O Hoimet, Nescht so lieb und traut,
wia hau-n-e di verachtet,
und be noch dir em fremda Land
vor Sehnsucht schier verschmachtet.

O Vaterhaus, wia hau-n-e di
so herzlos einscht verlassa,
be mit Juhei zum Flecka naus –
heut ka-n e's kaum no fassa.

O Schwobaland, o Hoimetland!
I ka koi Wörtle schwätza –
airscht en d'r Fremde lernt d'r Schwob
sei Hoimet richtig schätza.

Wenn i nomol en d'Fremde müßt,
gäng äll mei Glück en Scherba –
i will, wenn mi d'r Hergott rueft,
em Schwobaländle sterba.

G'schichtla aus em Alta Teschtament
wia's d'r Schmiedjakob seine Enkela verzählt hot.

I. D'r Sündafall

Der liebe Gott hot d'Welt erschaffa
samt Elefanta, Küah und Affa,
Kameler, Tiger, wilde Säu
und soscht no Tierle ällerloi,
au Fisch und Vögel, Frösch und Krotta
und Schlanga, Fluiga, Würm und Motta;
und zletschta hot er freundlich g'lacht
und hot aus Dreck da Adam g'macht,
stellt'n mittla nei ens Paradies
und sait: do henna g'fällt d'rs g'wiß.
Der Adam faulenzt mit Behaga,
doch lang kan' 'r des et vertraga –
bloß lauter Viecher om sich rom –
wird schließlich emme jede z'domm.
Er läßt em Herrgott gar koi Ruah,
sait: Mach mir doch a Weib d'rzua!
Glei nemmt em Gott a Ripple raus
und macht a herzig's Weible d'raus.
D'r Adam guckt se a und lacht:
„Herr, do hoscht ebbes saubers g'macht!"
Der Herrgott sait: „Jetz gehnt spaziera,
tue 's Evle schö am Ärmle führa;
ihr könnet essa, was 'r wöllet
und veschpera, bis'r schier verknöllet,

Bloß von dem Apfelbom im Eck,
do lent'r uire Fenger weg,
soscht goht's uich boide an da Kraga –
dui Frucht könnet ihr no et vertraga."
Se tent em Paradies rom wandla
und esset Feiga, Dattla, Mandla,
tent au noch sellem Bom nom blenzla,
do tuet a Schlang druf ommer schwänzla
und schreit: „Ihr send doch domme Koga,
der Herrgott hot uich bloß a'gloga;
von deane Äpfel weret'r reich
und g'scheit und schö', em Herrgott gleich."
D'r Adam kriagt schau arge G'lüschta,
und d'Eva läßt sich überlischta,
sui muß da Apfel ronter reißa,
derf aber bloß a bißle beißa,
d'r Adam frißt en samt em Butza –
er merkt au nochher glei da Nutza.
Wie no der Herrgott druf ischt komma,
hot glei' der Feigling Reißaus g'nomma,
hot g'schria: „O Herrgott, laß mi gau,
des Weib do hot mi beißa lau!"
Glei' ischt d'r Engel Gabriel komma,
hot boide am Schlawittich g'nomma
und mit em Säbel oscheniert
zum Paradies naus transportiert.

II. D'Sündflut

Beim Abschied vom Paradies, dem schöna,
heult d'Eva ihre airschte Träna;
d'r Adam schempft: „Jetzt siehscht da Nutza,
des hoscht jetzt von dei'm Äpfelbutza;
guck no nach bess're Feigablätter –
dia hebet et lang bei dem Wetter;
i will glei d'Landwirtschaft probiera,
dui wird am beschta sich rentiera –
o Eva, wia wird's os no gau,
hätta m'r no den Apfel hanga lau!"
Jetzt schaffet boide, daß se schwitzet,
daß d'Feigablätter äls verschlitzet,
d'r Adam fluecht oft wie'n a Reiter,
sei'm Weible koi guet's Wörtle geit er,
des erbt sich fort uf Kendeskender,
des weret no viel ärgere Sender –
Kain, der Schenderwas, der raut,
schlächt gar sei'n oigena Brueder z'taut.
Von Johr zu Johr isch schlemmer komma,
d'Mannsleut hent drei, vier Weiber g'nomma,
wia d'Bürschtabender hent se gsoffa,
au d'Weibsleut send ens Wirtshaus gloffa.
Se hent anander 's Holz und d'Kohla
und de fette Säu vom Schtall raus g'schtohla,
und d'Lomperei und Mord und Brand
ischt Mode gwea em ganza Land.

Da Herrgot hot's schau lang verdrossa,
jetzt hot'r gnueg an dene Possa,
und der Entschluß tuet en em reifa:
er wöll des Lompapack versäufa.
Er läutet glei' em Noah a,
des ist d'r oizig brave Ma,
sait: „Bau no schnell en graußa Kaschta,
mo schwemma ka mit starke Laschta;
do schlupfscht du nei mit deiner Alta –
dui kascht jo meinetwega b'halta;
au deine Jonge ka'scht mitnemma –
ihr schlupfet halt a bißle zemma –
von älle Tierla grauß und klei'
nemmscht je a Paar en Kaschta nei,
no will i tüchtig regna lau,
des Pack soll amol gnueg z'saufet hau."
D'r Noah hot dia Tierla g'fanga,
se send et gern zur Tür nei ganga,
bloß d'Schwoba, d'Wanza, d'Läus und Flaih
send von alloi en d'Archa nei.
Kaum hot d'r Noah d'Tür zuagschlossa,
no hot's au schau erbärmlich gossa,
bald send dia Bäch äll übergloffa
und Tier und Menscha send versoffa.
D'r Noah hat von ussa und enna
seiner Lebtag 's Wasser et leida könna,
drom lacht'r jetzt: „Herr, des ischt schö',
daß i so fei' em Truckena be!"

Doch bald hot's en au nemme g'freut,
zeah Monat ischt a lange Zeit;
dia Viecher hent bei Tag und Nacht
en fürchtiga Spektakel g'macht.
Und ischt des Pärle Elefanta
amol recht liebreich zemag'schtanda,
no hangt d'r Kaschta so uf d'Seit',
daß älles Mord und Zeter schreit.
's Rhinozeroß hot en schlechta Maga,
und ka des Schwanka net vertraga;
des Viech hot äls vor Jammer gschria
und äll sei Fressa wieder g'schpia!
Der Fuchs, der hot a Henn' verrissa,
der Wolf hot d'Sau ens Schwänzle bissa,
d'Mäus send an Speck und d'Blutwürscht ganga,
und d'Katz hot's derfa doch et fanga;
der Dachshond will da Hasa packa,
der Noah nemmt en schnell am Kraga;
do hairt er henta 's Küahle brölla,
der Orangutang hot's melka wölla.
Der Goißbock hot da Esel gschtaußa,
und 's Äffle tuet em Nilpferd lausa,
's Kamel, des hot a Ga's vertrappet,
der Ochs, der ischt en d'Milch neitappet,
der Bär hot an da Honig g'rocha,
no hot en a Wefzg en Rüeßel g'stocha.
Hot sich d'r Ichtiosaurus g'schtreckt,
no hot'r schiergar 's Dach a'deckt.

Dia Vögel lent ihr'n G'sang erschalla,
au lent se iabott ebbes falla;
a b'sonders nasaweiser Spatz
zielt äls em Noah uf sei Glatz.
Dia andre Tierle äll do drenna
dia hent's au et verheba könne,
und nergets leit a Hälmle Streu,
des geit a netta Sauerei,
's will au koi Mensch da Stall ausmischta,
da Noah tuet's au gar et glüschta.
Er jammert äll Tag: „'s ischt a Graus,
i halt's do henna nemme aus,
des ischt bei Gott a schöner Sega,
do ischt d'Süntflut a Dreck d'rgega."
Jetzt macht'r en sei Dach a Lucka
und läßt äls d'Giraff außegucka,
wia dui schö Wetter prophezeit,
Herr, hot sich do der Noah gfreut!
Er tuet sei Luftloch schnell ufziega
und läßt dia wüschte Vögel fliega,
no macht er d'Klappa wieder zua –
jetz hot'r doch von oba Ruah.
Zum Glück ischt 's Wasser bald verloffa,
uf oimol stoht d'r Kaschta offa,
der Noah hot en Juhschroi tau
und älle Viecher laufa lau.
„'s ischt haichste Zeit, Gott Lob und Dank,
daß ia do raus komm aus dem G'schtank.

He, Alta, breng mein Schnupftabak!
Hoscht au no Brot und Käs em Sack?
Ihr Bueba holet 's Moschtfaß raus,
jetz veschperet mir en Saus und Braus!
Potz Blitz, ischt des a feina Luft
noch so ma fürchterlicha Duft!
Jetz, Herrgott, biet m'r, was da wit –
koi Sündflut mach i nemme mit!"

III. D'r Turmbau zu Babel

Kaum isch d'r Noah selig g'storba,
ischt d'Menschheit uf a nuis verdorba,
da Herrgott hent se ganz vergessa,
send uf's Vergnüga bloß versessa.
Wo se uf dera Welt do honta
koi nuis Vergnüega mei hent gfonda,
machet se en Pla, en ganza schlaua,
en Turm bis nuf en Hemmel z'baua,
se went em Herrgott imponiera
und sei Weltordnung reguliera.
Der oi ließ gern da Donner kracha
und tät de Baura 's Wetter macha,
der zwoit uf der Milchstroß spaziera
und mit de Engela bussiera,
der dritt will uf'm „Bära" reita
und de Kometa d'Schwänz a'schneida –

a jeder brengt en andra Pla',
was m'r no do doba macha ka'.
Glei hot m'r Stoi und Kalk a'gfahra
und Maurer dinget, ganze Schara,
dia hent glei mit em Bau a'gfanga,
Herr do isch an a Maura ganga!
Dia hent uich g'schaffet o'verdrossa,
d'r Schwoiß ischt übers G'rüscht nag'flossa.
D'Weiber hent müessa 's Vesper brenga,
dia hent fei anderscht müeßa sprenga
mit Bachstoikäs und Brot und Wurscht
und Moschtkrüeg für da Maurersdurscht!
Der Turm steigt luschtig nauf en d'Haih,
bald sieht m'r schier koin Maurer mai;
dia tuet's jetz schau do oba bizla,
se went da Mau a bißle kitzla –
d'r Herrgott denkt: jetz isch an d'r Zeit,
daß m'r dia Lompa abe keit.
Er schickt en Blitzstrahl siedig hoiß
glei mittla en des Menschag'schmoiß.
Des ischt a Schrecka und a Graus,
's brengt koiner mai a Wörtle raus,
doch wia se wieder schwätza könnet,
hot jeder g'moit, de andre spennet –
a jeder schwätzt a'n and'ra Sproch –
des geit en Wirrwarr noch und noch!
A jeder fluecht und schimpft und schreit,
bis 's schließlich rechte Händel geit.

Und z'letschta hent se statt em Baua
anander tüchtig 's Fell verhaua;
d'Speisbuaba, dia verduftet schnell –
's ischt sicherer uf älle Fäll'.
Jetzt hot's uf oimol zwölfa g'schla',
no send se älle d'Loiter na.
Wia goht's jetz en dem Städtle zua!
Koi oiziger Mensch kommt mai zur Ruah.
D'Mannsleut und d'Weibsleut, älles spennt,
und älle schwätzet mit de Händ,
d'r Schultes sait: „Gelt, zieget aus,
sonst brauch i no a Narrahaus!"
De maischte hent au bald begriffa:
uf so a Leba isch jo pfiffa,
drom zieget se mit Kend und Kegel
zum Land naus mit de Wandervögel,
a jeder lauft, so weit er ka'
und siedlet sich em Ausland a'.
Em Turm hent d'Mäus und d'Ratta g'hauset,
d'Raubvögel hent en arg verlauset.
's O'kraut hot en de Ritze g'wurzlet
und schließlich ischt er zemapurzlet.
So stroft d'r Herrgott sotte Faxa –
d'Bäum läßt er au net en Hemmel wachsa,
und Übermut und Aberwitz
verschwendet meistens wia d'r Blitz.

IV. David und Goliath

's Philistervolk und 's Judavolk
dia hent 's ganz Jahr sich g'stritta.
A jeder stiehlt, so viel er ka,
der ander hot's et glitta.

So standet se amol em Feld
und tent zur Schlacht sich richta,
d'Philister schicket ihr'n Riesa nom,
der soll dia Händel schlichta.

Auf! brüllt der, schicket oin do rom
von uira Judahelda!
Der Sieg, mo do ausg'fochta wird,
der soll für älle gelta.

Wia dia vor Angst vertloffa send,
daß se schier d'Füeß verlieret!
Deam Kerle hent se glei a'gmerkt,
do geit's nex z'profitieret.

Äll Tag kommt jetzt d'r Goliath
und tuet die Juda foppa.
Doch koiner hot's Kurasche g'faßt,
deam Kloba 's Maulwerk z'stoppa.

D'r David bloß, a Hirtabua,
der ällerkleinscht vom Flecka,
der ischt zum Riesa naus uf's Feld
mit Schleuder und mit Stecka.

Der Goliath hot en Panzer a,
en Schild no vor em Nabel,
en Spieß wie Wiesboom und d'rzua
drei Ella lang en Sabel.

„Was! schreit 'r, mit dem Büeble do
soll i, d'r Goliath, kämpfa?
A bißle kitzla an de Ripp
wird bald sei' Kampfluscht dämpfa.

Komm, Judabüeble, guck mi a
und sieh mein Spieß, mein langa,
's schtoht koine fenf Menuta a,
no wirscht schau dranna hanga.

Und guck amol mein Sabel a,
dean hau-n-i gerschtig gschliffa!"
Der David lachet: „O herrje,
uf so a Glomp isch pfiffa.

I brauch koin Sabel und koin Spieß,
mir hilft d'r Herrgott streita,
di mit dei'm frecha Läschtermaul
ka-n'r vorher et leida."

Jetz kriegt der Goliath a Wuet,
will noch dem Bueba stupfa,
der aber regt se gar et auf,
tuet bloß sei Schleuder lupfa.

Do ischt a spitzigs Stoile drin,
des schmeißt er deam ans Hira –
Herrgott, hot des a Dalla gea,
koi Doktor könnt's kuriera.

Der Goliath macht no etlich Schritt
mit seine Riesatapper,
no pflompst er nei ens Äckerfeld
und tuet da letschte Schnapper.

Do leit er jetz, der Welt zum Spott,
mit samt sei'm ganza Plonder,
d'r David nemmt sei' Riesaschwert
und haut sein Dickkopf ronter.

„Gelt," sait'r, „desmol hat m'r dir
dei Prahlerei vertrieba!
's wär g'scheiter gwea, du wärscht drhoim
bei deine Philister blieba."

Was ka' d'r Völkerbond d'rfür?

A Krieg brengt fürchterliche Leida,
brengt ganze Völker uf da Hond,
en Zukonft will m'r des vermeida
und gründet drom da Völkerbond.
D'Welthändel soll der älle schlichta,
mit Tinta, Feder und Papier –
und tuet sich neamer noch em richta –
was ka' d'r Völkerbond d'rfür?

Em Michel schenkt m'r a Pistöle,
des langt, weil's doch koin Krieg mai geit,
zum Spiela kriegt 'r a Luftballö'le –
de and're rüschtet wia net g'scheit:
Kanona, Flugzeug, Giftgasbomba –
so, Michel, zahl's oder krepier!
Auswenda tent se'n wia en Lompa –
was ka' d'r Völkerbond d'rfür?

Geld hot m'r gnueg, m'r trenkt a Fläschle –
d'Kameradschaft hoch! Des hot en Schlag!
Doch jeder hot em Weschtatäschle
's Konzept zum a Geheimvertrag.
Dia b'scheißet d'Welt, daß nemme schö ischt,
d'r Michel ischt d'r Opferstier –
daß der bis jetzt no et ganz he' ischt,
was ka' d'r Völkerbond d'rfür?

Em ferna Osta steigt d'r Dracha,
wia bocklet do dia gelbe Köpf!
Bomba und Granata hairt m'r kracha,
und fliega tent d'Chinesazöpf.
Omsonscht tent d'Friedenspalma wedla,
d'r Japs verschließt sei Stubatür –
läßt Asien sich et veredla –
was ka' d'r Völkerbond d'rfür?

M'r zoigt d'r Welt da gueta Willa,
sorgt für de Starke früah und spät,
de Schwache geit m'r Abführpilla,
und 's „Völkerrecht" wird glatt verdreht.
Ischt einscht d'r letschte Kampf entschieda,
verrissa jedes Schandpapier,
kriegt d'Menschheit endlich, endlich Frieda –
d'r Völkerbond ka' nex d'rfür!

D'r überpartei'isch Gottlieb en d'r politischa Versammlong

I tua et gern politisiera,
nex G'scheit's kommt doch et raus d'rbei,
und manche Leut tent sich blamiera
mit ihrer domma Streiterei.

Oimal hot mi d'r Teufel g'ritta,
daß i en a Versammlong ben –
hätt' i a Weib, dui hätt's et glitta
denn d'Weiber hent en sechsta Senn.

Em Saal dren hair e oin proleta –
i woiß et, was der Kerle ischt –
i komm et drauß aus seine Reda –
a Nazi oder a Kommunischt?

D'Welt will der anderscht fassioniera,
da Mammon müeß m'r fahra lau –
do ka-n-i nex d'rbei verliera,
weil i ja so wia so nex hau.

Wia Ochs tuet druf a andrer brülla,
doch i verstand koi Wort d'rvo',
d'rzwischa nei tent Weiber grilla –
des hoißt m'r Oppositio'.

D'r Fürstand wehrt deam Mordsspektakel
und tuet wia Narr mit seiner Schell,
doch ällaweil wüeschter tent dia Lackel –
mei Nochber lacht: „Jetzt goht's voll' schnell."

A jeder will jetzt 's Wort ergreifa
und produziert en ärgera Mischt –
em Hentergrond tent oine pfeifa,
bis daß m'r deane 's Maul verdrischt.

Des lent dia Kerle sich et g'falla –
zmol hent se Stuehlfüeß en de Händ –
en älle Ecke tuet's jetzt knalla –
i krieg a Schoppaglas an Grend.

's Blut schießt m'r nei en Hemmedkraga,
uf oimol hau-n-e nex mai g'seah,
und nochher lieg e uf em Schraga,
wie Kendsleich be-n-e doba glea.

I glaub, a Tierarzt hot me g'schonda,
der fuchtlet mit d'r Heckascher,
mein Äpfel hot 'r mir verbonda
da lange Weag und kreuz und quer.

A Protokoll wird au aufg'nomma,
ausfroga tent se me und wia,
und oiner tuet ganz giftig bromma:
„Zu welcher Partei g'höret Sia?"

„Zu koiner! 's Teufels könnt m'r wera –
was goht mi dui Versammlong a!
Für's Vaterland bluet i, ihr Herra
und be bloß zum ‚Vergnüega' na."

Des ischt grad überall d'r Schwendel,
daß m'r O'schuldige verdrischt,
und daß d'A'stifter von de Händel
verduftet, eb m'r se vertwischt.

I ka dui Politik, beim Donnder,
au heutigstags no et verschtau –
vielleicht daß i no – 's wär koi Wonder –
em Hirn en Scherba stecka hau.

Moderne Spatza-Ehe

(D'r Streit onter'm Zwetschgabaum)

D'r Spatz und sei Spätze, dia streitet em Sand –
er ischt in d'r Gegend als Dreckspatz bekannt.

Sui gilt bei d'r Sippschaft als eitel und domm –
se tanzt halt nia mit en de Roßbolla rom.

Er bruttlet: „Was schillscht uf dean Zwetschgabaum nauf?"
„Dort sperrt a nett's Finkle sei Schnäbele auf."

„Uf mi hoscht du z'gucket, denn i be dei Ma',
was goht di der Fink uf deam Zwetschgabaum a!"

„Daß di heut des o'schuldig Finkle scheniert –
du hoscht jo gerscht au mit d'r Grasmuck pussiert."

„Du bischt bloß a Spätze, und i be d'r Spatz –
Glei machscht jetzt, daß d'hoimkommscht, em Nescht
ischt dei Platz!"

„Was fällt denn dir ei'! I verbitt mir dean To'!
Mir send gleichberechtigt seit d'r Revolutio'!"

„Und i sag: Du kommscht glei und legscht m'r a Oi –
m'r mueß jetzt für Nochkomma sorga em Moi!"

„Leg selber und bruete 's noch Herzensluscht aus –
i mueß jetzt en Klub, komm airscht z'Obed noch Haus."

Se fliegt graziös om da Zwetschgabaum rom,
d'r Spatz schreit ganz wüetig: „Dui G'schicht ischt
mir z'domm.
Schmus'scht du mit deam Finka, du saudomme Ga's,
riskier i mit d'r Grasmuck a Messallia's."

D'r Weltordnongskritiker

A Kuah stoht ema enga Gitter,
a Stadtherr goht v'rbei und brommt:
„Gelt Küehle, des ischt elend bitter,
wenn m'r en so a G'fängnis kommt.

Du ka'scht em Käfig kaum di rega,
und so a kleiner, frecher Spatz
ka' frei em Äther sich bewega –
des ischt a arger Gegasatz.

So ei'g'schränkt send oft grauße Viecher,
de kleine mueß m'r fliega lau –
d'Weltordnong mueß doch bombasicher
noch meiner A'sicht Mängel hau."

Z'mol läßt des Spätzle ebbes falla,
deam Herra grad uf d'Adlernas' –
au seitwärts hairt'r ebbes knalla,
und richtig – au des Küehle ka's.

Der Herr hot et domm 's G'sicht verzoga –
„Do hätt e ebbes nett's vertwischt,
wenn d'Kuah wär en d'r Luft romg'floga –
i laß d'Weltordnong, wia se ischt."

„Wo er hingeht, sollst du auch hingehen!“

So sait d’r Pfarrer zu d’r Braut –
er mueß se doch belehra –
denn noch d’r Hochzeit isch oft z’spät,
dia Weibsleut aufzuklära.

Des Mädle wird vor Schrecka blaß,
hot ’s Heula schier a’g’fanga –
„Herr Pfarrer,“ sait se, „noi, des ka’
koi Mensch von mir verlanga.

Wenn i des toa müßt, ließt e schau
’s Heirate bleiba wäger –
i be au gar et schwendelfrei –
mei Hans ischt Kamefeger.“

Ihm pressiert's et

Z'Ulm uf em Bah'hof a Zug stoht parat –
Uf d'r Tafel stoht: „Stuegert“ – a Bauer sieht's grad.

Stuegert zua will 'r – sei' Zug mueß des sei' –
d'Türa send offa, d'r Bauer steigt ei'.

Kaum ischt des Zügle en Amstetta gwea,
kommt schau d'r Schaffner, will d'Fahrkarta seah.

„Sia“, sait 'r zum Baura, „do stemmt ebbes et –
was tent Sią em Schnellzug mit Ihrem Billet?

Zwoi Mark koscht d'r Zuaschlag und Strof obadrei'.“
„Was! drauf soll e zahla? Des fällt m'r et ei!“

„Herrgott, mit deam Rendviech, do regt m'r sich auf!
Des sicht doch a Schnellzug, und drom zahlscht du drauf.“

„I pfeif uf uir'n Schnellzug – mir langt mei Billet –
fahret ihr langsamer, mir pressiert's et.“

D'r Holzdieb

Hentrem Pfarrhaus leit a Hauf
Stangaholz am Zau' –
d'r Herr Pfarrer paßt guet auf,
möcht's et stehla lau.

Doch noch zwölfa en d'r Nacht
schloft 'r fest und süeß –
lieber Pfarrer, gib doch acht,
d'Stanga krieget Füeß.

Wacht der Herr am Morga auf,
wird's em langsam klar:
äll Tag kleiner wird d'r Hauf,
's ischt doch sonderbar.

Wieder kommt a fenstra Nacht
ohne Mond und Stern –
stoht d'r Pfarrer uf d'r Wacht,
hot em Sack d'Latern.

Kommt der Dieb, der Erdafetz,
richtig om halb ois –
wart, du Lomp, heut goht d'r's letz,
Stängle kriegscht heut kois!

Der Herr Pfarrer faßt Kurasch,
daß 'r'n g'wiß vertwisch,
zend deam Kerle en d'Visasch –
„Ei, d'r Frieder isch?

Du stiehlscht Stanga mir vom Haus?
Des könntscht bleiba lau –
machscht d'r denn koi G'wissa draus?"
„Noi, en Gartazau."

D'Vögela klaget über da langa Wenter

Wüetig jagt d'r Spatz sei' Spätze
morgets aus em Ehebett –
„gang, und stiehl mir ebbes z'fresset –
Hemmel Stuegert, taut's no et?"

Au d'r Fenk schempft uf seim Äschtle:
„I hau jetzt vom Wenter gnua,
jetzt isch März und i möcht senga –
's friert oim jo d'r Schnabel zua!"

„Zizigäh", probiert a Moisle
uf em Telegraphadroht –
noi, 's goht et, m'r ka et jodla,
wenn m'r nex em Maga hot.

Honrig, mit verheulte Auga,
hockt a Amsel uf em Zau –
d'Würm und d'Schnecka send verfraura –
will d'r Wenter et bald gau?

D'Bachstelz wippt mit ihrem Schwänzle,
piepst: „Wo nemm i 's Fueter her?
Nex wia Eis hot's en mei'm Bächle –
wenn's no Zuckerkandel wär!"

D'Lerch seufzt: „Wär i doch no blieba
en mei'm warma Afrika,
jetzt hoißt's nex wia Kohldampf schiaba –
au! I spür schau 's Podagra!"

Und d'r Star g'wärmt sich am Weible,
brommt: „Wia kalt isch en dem Haus!
Eis und Schnee und nex zum Beißa –
komm, mir ziaget wieder aus!"

Doch d'r Rab krächzt: „Ei, was hent'r
wegem Früehleng so a G'schroi!
Kommt'r heut et, kommt'r morga –
ganz gwiß ischt'r do em Moi!"

Ewiga Jugend

D'Frau Rat hot Geburtstag – d'r neu'zigschte isch –
se ischt trotz em Alter no monter und frisch,
's plogt se koi Podagra, 's druckt se koi Speck,
und 's Maulwerk und 's Herz send am richtiga Fleck.
Ihr älteschter Bua ischt schau siebez'ga bald,
hot ällerhand Breschta – m'r merkt's, 'r wird alt.
Er selber hält viel uf sei leibliche Ruah,
drom rotet'r au seiner Mueter d'rzua:
„Guck Mueter, der Haushalt, der schlaucht de, und wia,
i moi, du sottscht lieber en's Altersheim ziah."
D'Frau Rat sait ganz aufg'regt: „Was fällt denn dir ei',
schwätz du deiner Mueter et allaweil drei'!
En's Altersheim? Noi, des wär m'r schau z'domm,
selt laufet m'r z'viel alte Weiber rom!"

's Gretele ischt no z'klei

's ischt z'bald ens Bett, klei Gretel hopft drom
em Nachthemdle en d'r Stuba rom –
z'mol kommt d'r Onkel zur Türa rei –
schnell schlupft de Klei' en en Wenkel nei.
D'r Onkel sait: „Wit m'r koi Pätschle gea?
I derf di doch em Nachthemdle seah."
„Noi", mault se en ihrem Wenkel dren,
„erscht, wenn i amol größer ben."

4 + 3 = 9

A Abeceschütz lernt mit Freuda,
doch 's Rechna macht em Schwierigkeita;
d'r Lehrer tuet beim Zemazähla,
daß leichter goht, a Gleichnis wähla –

„komm, paß a bißle auf und denk!
Wenn i dir jetzt drei Häsla schenk,
dei Vatter tuet no vier d'rzua
wieviel hoscht no em ganza, Bua?"

Des Büeble lacht: „Herr, des wär fei!
No hätt e ja em ganza neu'."
D'r Lehrer schempft: „Gelt, tua de schäma,
brengscht drei und vier no et amol zema!"

D'r Bua sait: „Wenn du no so schreischt
mit Hasa, mo mir doch et geischt –
neu', sag i, send's uf jeda Fall,
zwoi hau-n-e schau d'rhoim em Stall."

D'r Fritzle möcht a Schweschterle

D'r Fritzle spielt mit seine Gäul,
doch schließlich kriegt'r Langaweil,
weil dia halt gar koi Leaba hent –
des Büeble denkt, daß doch am End
a Schweschterle viel netter wär,
no netter als a Teddybär.
Sei' Mama sait: „Jetzt gohscht en's Bett!"
„Ach Mama", sait'r, „moischt du net,
wenn m'r em Storch en Zucker schenkt,
daß der a Schweschterle mir brengt?
Gelt, lang m'r doch en Bröckel raus,
no leg en uf da Semsa naus!"
„Ei Fritzle", sait se, „do guck her,
mei Zuckerbüchs ischt fazaleer –
leg schwarza Zuckerkandel naus,
do beißt der Storch koin Zah' sich aus."
„Noi Mama, noi, des tua i net –
glaubscht, daß i so a Schweschter wöt?
Wenn der dean schwarza Zucker fend,
no brengt'r ons a Negerkend."

Sieba Löcher – sieba Blätz

Zum Schueschter eilig d'r Schorschle rennt –
„Gelt Schueschter, flick meine Stiefel gschwend!
Se wäret no recht beim Sonnaschei',
jetzt lauft überall 's kalt Wasser nei,
zu oim Loch nei, zum andera naus –
siehsch, do guckt mei graußer Zaiha raus."

D'r Schueschter brommt: „Du armer Bua,
sieba Löcher hent deine Schuah,
und deine Füeßla send so kalt –
komm, brauchscht et heula – i flick se halt.
A Loch hoscht au no em Portmanne?
No schreibt m'r d'Schuld d'rweil en's Kame'."

Und schau, der Schueschter brav und g'schickt
uf d'Stiefela Rieschter an Rieschter flickt –
„Hurra! jetzt send se doch wieder ganz,
und strahla müeßt se em schönschta Glanz."
So reich ischt koi König mit äll seine Schätz,
wia d'r Schorschle mit seine sieba Blätz.

’s Jockele will et en d’Schuel

„Jockele, ’s ischt Zeit en d’Schuel,
lauf, du Lompabua!“
„Vatter, heut gang i et nei,
brengscht me net d’rzua.“

„I will seah, ob du et gohscht,
wenn e ’s Meerrohr lang.“
„Do hilft au dei Steckle nex,
weil e doch et gang.“

„Hemmelschtuegertsapermoscht!
Mei Geduld ischt aus –
gohscht et glei, no klopf i dir
jetzt dei Faulheit naus.“

„’s ischt o’naitig, Vaterle,
daß d’ so wüetig bischt –
mir hent jo heut gar koi Schuel,
weil a Feirteg ischt.“

A massiver Hemmelsgrueß

D'r Stiefelmaier hot koi Angscht
vor Löwa und vor Tiger –
des, was 'r fürcht' uf dera Welt,
ischt ganz alloi sei Schwieger.

Wenn dui em äls sein Dickkopf wäscht,
do hot'r nex zum Lacha –
weil er gern dudlet, will se 's Geld
de andere vermacha.

Doch eh des so weit komma ischt,
hot d'Schwieger 's Zeitlich g'segnet,
und wia m'r se vergraba hot,
hot's grausig g'stürmt und g'regnet.

Em „Adler" ischt d'r Leich-Tronk gwea –
des ka m'r sich jetzt leischta –
em Stiefelmaier schmeckt d'r Wei',
er lupft heut au am meischte.

Em Hoimgau lallt'r: „Jetzt isch aus,
du hoscht me lang gnueg g'schonda!
Bloß wissa möcht e, mo da bischt,
ob oba oder onta."

Da Feschthuet trait'r en d'r Hand –
er macht em z'warm, der Deckel –
z'mol fliagt a Dachplatt' oba ra,
grad uf sein blanka Möckel.

D'r Stiefelmaier brommt: „Aha!
Der Sega kommt von oba,
des ischt d'r airschte Hemmelsgrueß,
jetzt isch der Drach' doch doba!"

D'r Stumparaucher

D'r Vatter kommt zum Essa;
auf Kender, sitzet nom!
Wo treibt sich doch der Franzel,
der Schlingel, wieder rom.

Do macht d'r Franzel d' Tür auf,
er kommt grad von d'r Gass',
doch ach, der arme Kerle,
der ischt ganz leichablaß.

Er schleicht sich auf sei' Plätzle
und ka' koi Wörtle sa',
's Teller ist voll mit Nudla
und er brengt's doch et na.

Auf oimol gucket d'Mueter
ihr'n Jängschta g'nauer a,
no schreit se volla Schrecka:
„Um Gotteswilla, Ma!

Guck no, was fehlt deam Büeble,
spreng schnell em Dokter zua,
er wird mir doch et sterba,
mei Franzele, mei Bua!"

„O Alta, halt dein Schnabel",
hot druf d'r Vatter brommt.
Der hot schau so a Ahnung,
woher die Kranket kommt.

Er hot als Bua sich selber
da Maga oft verstaucht,
d'rom schreit er jetzt ganz wüetig:
„Gelt, Lausbua, du hoscht g'raucht!"

„Jo, Vatter, i hau g'rauchet,
i will's g'wiß nemme do."
„Und mir hoscht d'Zigarr g'schtohla,
komm no, no kriegscht dein Loh'!"

„Noi, Vatter", heult d'r Franzel,
„'s ischt bloß a Stümple g'wea,
und des, des hau-n-i g'fonda,
des ischt em Kandel g'lea."

A Naturwunder

Zwoi Stadtkender derfet end d'Menascherie,
und sehet do drenna so ällerloi Vieh –
do stoht hent'rem Gitter a Mordselefant,
des Mädle, des klei' guckt en a mit Verschtand,
sieht, wia m'r deam Kerle sei Fueter grad brengt,
wia der's mit 'em Rüeßel en's Maul eineschlenkt.
Des Büable, des hot grad de Affa zuaguckt,
no packt en des Mädle und schreit wia verruckt:
„Die Kuh da die große, ach sieh doch mal Hans,
die hat die Hörner im Maul und frißt mit dem Schwanz."

Geständnis

A Fraule schlupft an ihr'n junga Ma
kurz noch d'r Hochzeit ganz zärtlich na,
und wia'n er so strahlt em Liebesglück,
denkt se, de'scht der richtig Augablick:
„Guck Ma'le, i mueß d'r ebbes sa',
sonscht druckt m'rs Herz am End no a:
d'Hälfte von meine Zäh ist Ersatz –
gelt, wirscht jetzt recht bais sei, liaber Schatz."
„Em Gegatoil", sait er, „de'scht et so schlecht,
i hau g'moint, 's sei koi oiziger echt."

D'Wagaschmiere

D'r Michel hot sein Waga
sechs Wocha nemme g'schmiert,
jetzt grillet älle Räder,
des hot en arg scheniert.

Er hot amol en Hafa
voll Wagaschmiere kauft;
do schmiert er jetzt sein Waga,
daß d'Brüah dra nonterlauft.

„Wart, dir tua i für's Grilla,
do wird et lang flattiert –
mit Schmiera und mit Salba
hot m'r schau viel kuriert."

Da-n-andra Tag wird ei'gschpannt,
„Hi Bläßle, woidle Scheck!"
Dia Viecher brenget schiergar
da Waga et vom Fleck.

Von äll vier Wagaräder
dreht se koi oizigs rom –
d'r Bauer und seine Viecher,
dia gucket bloß so domm.

Do kommt au d'Bäure g'loffa
und guckt da Schada-n a,
beim Bucka kommt ihr Schtompfnas'
ganz noch ans Rädle na.

Des Weib schprengt uf wi' a Otter
und rasslet nei ens Haus,
glei kommt se mit ema Hafa
zu ihrem Alta raus.

„Du bischt a rechter Lalle,
a Schlamper obadrei',
so, de'scht dei Wagaschmiere?
Steck no dein Zenka nei!

Derfscht au a Maul voll nemma,
no merkscht, was drenna ischt:
du hoscht schtatt Wagaschmiere
mei Zwetschgag'sälz vertwischt!"

Wie sich d'Zeita änderet

Im Früehling geit's beim Gärtner
viel Blüemle wondernett,
do kauft d'r Franz seim Schätzle
a Veigelesbukett.

Und wieder kommt d'r Früehling,
verheirat send se schau –
Franz kauft a Pärle Bratwürscht
und toilts mit seiner Frau.

Doch d'Zeita werdet schlechter –
des merkt m'r au am Franz –
der kauft sich jetzt en Rettich
und läßt d'r Frau da Schwanz.

A Rüstiger

Em Karle hot sei Mueter g'schrieba
en Brief, schier sechzeah Seita voll,
schau lang hot sui jo an em trieba,
daß er amol heirata soll.

Jetzt hätt se Mädla g'nueg uf Lager –
er könnt s' raussuecha wian-n'r wött –
de oine dick, de andre mager,
und au am Mammon fehlt's en et.

Dui gueta Frau hot aber wärle
mit ihre Heiratsplä' koi Glück,
d'r Karl, der o'dankbare Kerle,
schreibt seiner treua Mueter z'rück:

„I dank d'r herzlich für dei' Schreiba,
und grüaß dia Mädla älle schö –
's Heirate laß i jetzt no bleiba,
i find, daß i no z'rüstig be."

A Held

D'r Mattheis hot a schlechta Zeit,
denn d'Gicht, dui plogt en wia et g'scheit,
bald zwickt's en do, bald zwackt's en dort,
er brommt: „So goht's et länger fort,
i hau jetzt g'nueg von dera G'schicht,
hol mi d'r Teufel mit samt der Gicht!"

Wia'n er so schempft, kommt o'scheniert
a schwarzer Gockel rei'schpaziert;
dean Baura trifft schiergar d'r Schlag –
jetzt kommt d'r Teufel am hella Tag,
dear mueß dui Sach recht eilig hau,
kaum schwätzt m'r von em, kommt er schau.
D'r Mattheis zitteret am ganza Leib,
schreit: „Henteram Ofa sitzt mei Weib!"

Der Huaschter

Außa an der Kirchhofmauer
loihnt a-n armer, alter Ma',
der muaß gar so fürchtig huaschta,
daß er's kaum verschnappa ka'.

Wia-n-er grad am ärgschta koppet,
kommt d'r Pfarr' vorbei und sait:
„Sia hent aber en bösa Huaschta,
lieber Mann, Sie tun mir leid."

„Ach, Herr Pfarr, do drenna leit doch
mancher en sei'm kalta Bett,
der sich tät von Herza freua,
wenn 'r so en Huaschta hätt."

D'r Michel beim Leichaschmauß

D'r Michel sitzt beim Leichaschmauß
und läßt sichs kräftig schmecka,
er langt so viermal Rindfloisch naus
und äls wills no et strecka.

Salat und Brota kommt no dra',
des tuat en schier verdrießa,
er wickelt halt, so gut'r ka,
's hot älles nonter müaßa.

Z'letscht kommt a ganzer Berg von Käs,
der paßt en Bauramaga –
koi Mensch denkt jetzt maih an dui Bäs,
dui mo m'r naus hot traga.

D'r Michel strahlt wia Stallatern,
und tuet sei Mägle streicha:
„Nex hau-n-i uf d'r Welt so gern,
wia d'Hauchzicha und d'Leicha."

Der Mensch und d'r Taud

A stoialt's Ma'le goht durch da Wald,
sei A'zug ischt dünn und ärmlich,
und doch isch Wenter und gar so kalt,
d'rom friert's en au gottserbärmlich.

Der Ma' ischt so arm und sei Stub so kalt,
und so teuer send Holz und Kohla,
drom ischt er hehlinga naus in da Wald
und hot a Reisbüschele g'schtohla.

Er schloift's uf sei'm Buckel, sei'm kromma d'rher,
un seufzt, daß en Stoi könnt erbarma:
„Ach, wenn no des Holz en mei'm Öfele wär
und i en d'r Stub', en d'r warma."

Des Holz ischt so schwer und so schwächlich der Ma',
er ischt schier d'ronter verlega,
do schmeißt er em Jammer sei Büschele na
und setzt se druf na uf da Sega.

Zwoi dicke Träna laufet em ra
über seine runzlige Backa,
er wischt's mit seim speckiga Ärmel a'
von sei'm verrissena Jacka.

No schreit er in seiner Verzweiflung em Taud:
„Komm, Taud, und tua mi verlaisa,
's ischt doch bloß Elend und Jammer und Naut
in deara Welt, deara baisa."

D'r Taud aber ischt a grausiger Ma',
und läßt et lang mit sich gschpassa,
er stoht em Nu vor dem Holzdieb dra'
mit fürchterliche Grimassa.

„Du hoscht mir gruefa, was wit von mir?"
frogt er mit Boinergeklapper,
des arme, verschrockene Ma'le moit schier
jetzt tät es da letschta Schnapper.

Es sait ganz verdattert: „Du sottest mir halt
mei Büschele helfa nauflupfa,
doch schmeiß vor dei Säages do nei in da Wald,
du könntest mi sonscht no mit stupfa."

Landwirtschaftliches Kuttelmuttel

(Mel.: Uf em Wasa . . .)

Suechst du heut en domma Baura,
fällst du dondermäßig rei –
di mit deiner ganza G'scheitheit
wicklet der Agrarier ei'!

Seit dia Baura d'Wasserloiteng
neigricht hent en ihre Ställ,
gebet d'Küah viel weiter Milich –
nützlich isch uf älle Fäll.

Hot a Baur a saubers Mägdle,
send dia, Buaba henta drei' –
geits a „O'glück" bei dem „Renna",
no will koiner schuldig sei.

Äll Tag heult a Baurabüeble,
wenn's sei Rüeßele wäscha soll:
„Mutter, guck doch, o'srer Suckel
isch en ihrem Dreck so wohl."

Wenn's em Sommer lang et regnet,
geits koi Gras und au koi Heu –
wenn beim Baura 's Moschtfaß leer ischt,
des soll no viel ärger sei.

Beim a Ochsa stoht a Rendle,
des sei Leba mächtig freut,
und des Rendle brommt verächtlich:
„Was doch au für Ochsa geit!"

Vom a Goisbock kriegscht koi Milich,
der will sich et melka lau –
Kaffebohna ka'scht du jabott
von dem Kloba gratis hau.

Älle Tag de alte Henna!
Schempft der Gockel uf em Zau,
fliegt zu 's Nochbers Heala nüber,
dia müaßt au en Gockel hau.

D'Henna machet en Spektakel
wega so ma bißle Oi –
tät a jedes so krakehla,
des gäb uf d'r Welt a G'schroi!

D'Gäs dia send a g'spässigs Ziefer –
so domm könnet d Gäs bloß sei' –
laufet dutzetweis mit Wonne
henterm oiziga Gasger drei'!

D'Enta schwemmet en de Bächla,
hent da Schnabel uf em Grond,
und du siehscht von dene Viecher
meischtens bloß ihr Henterfront.

D'Spatza streitet uf d'r Mischte,
's Kätzle schleicht ganz leis d'rzua,
und schau hot se oin am Kraga –
moi, do geits uf oimal Ruah.

In de Gärta blühet d'Blüemla,
d'Amsla senget, 's isch a Pracht –
kaum bischt en der beschta Stimmong,
schreit a Käuzle bei der Nacht.

Älles, was do wächst und wuslet,
was der Landwirt pflanzt und schafft,
älles wandert bloß en d'Mäga,
und des hoißt m'r „Landwirtschaft".

Mei Kätzle

I hau a Kätzle, liebe Leut,
so nett, wia's et viel Kätzla geit –
a Felle hot's, so fei wia Seide,
zwoi Äugla, wondernette, g'scheite,
a rosig's Göschle und en Bart –
doch 's Schwänzle, des ischt b'sonders zart,
an dem läßt 's Kätzle sich nex g'falla,
kratzt glei mit seine scharfe Kralla.
Sag i: „Wart, wia i di verhau!"
No lupft se 's Pfötle, schreit: „Di-au!"

Lieg i mittags uf 's Sofa na,
no kommt se glei, schlupft an me na,
se legt ihr'n Dickkopf mir uf d'Bruscht
und schnurrt und schnarcht noch Herzensluscht.
Und wenn i sag: „Jetzt sei doch still!
Siehscht et, daß i jetzt schlofa will?
Ihr Mittagsschläfle braucht dei Frau" –
no reißt se 's Maul auf, seufzt: „I-au!"

Mei Zimmerlinde ischt am Blüha –
's ischt et leicht, sotte Pflanza ziaha –
mei Katz, dui schiaßt em Rappel na,
sieht's für a Zwetschgabäumle a,
se krebslet nauf, druckt Äschtla a –
i will deam Lueder 's Fell verschla' –
jo, denkt se, zairschta muescht me hau –
und schreit vom Büffee ra: „Mi-au!"

Amol goht nachts a G'wetter los –
du lieber Gott, was ischt des bloß!
Des bocklet leis und bocklet laut –
i hau m'r kaum zum schnaufa traut,
denk schließlich: Ei'bruch ischt des koiner,
denn was für Schätz hot onseroiner!
Und 's wird au neamer goischtweis gau –
a Goischt hot mir no nia nex tau.
Jetzt Licht g'macht und em Neglischee
en Gang naus, Herr mir kläpperet d'Zäh' –

da Ruhestörer hau-n-e schau –
em Kloiderkaschta tuet's: „Mi-au!"

An Pfingschta kauf i mir en Huet
und denk: drei Sommer tuet der's guet,
dean lass' e äll Johr fassioniera –
hauffärtig trag en glei spaziera,
komm hoim und leg en uf mei Bett –
's ischt, wia wenn d'Katz druf g'wartet hätt,
denn wia-n-e nei komm noch'ra Stond,
ischt schau mei Deckel uf em Hond –
mei Kätzle hot en fassioniert,
verzaust, verlaust und ruiniert.
Jetzt schloft se druf – mir wird's ganz flau,
und 's Mulle schreit vergnüegt: „Mir-au!"

Am Christtag will e Schnitzel macha –
m'r ißt am Fescht gern guete Sacha –
i richt's, und klopf's, und salze's ei',
gang bloß no g'schwend en d'Stuba nei,
doch wia-n-e wieder raus be komma,
hot's Katzaviech schnell Reißaus g'nomma –
des Lompatier hot d'Schnitzel g'fressa,
i derf am Feschttag Siedfloisch essa.
Was hilft's, wenn i se jetzt verhau?
Dui frogt: „Hot dir's heut g'schmeckt? – Mir-au!"

Schwer tua-n-i mit em Katzafueter,
denn grausig schleckig ischt des Lueder.

Se frißt koi G'mües und koine Spätzla –
des möget doch sonscht d'Schwobakätzla.
Oft regt se tagweis gar nex a,
wenn se nex Roh's vertwischa ka.
Vom feinschte Brota lauft se weg –
i schempf em Zorn: „No brauchscht en Dreck!
Wenn d' et amol en Brota frischt,
du Viech, weil d'halt a Raubtier bischt –
jetzt woischt du was: du ka'scht me au!"
Se blenzlet bloß und brommt: „Mi-au!"

Zwieg'spräch zwischem Protzabaura und sei'm Weib am Obed vor em prophezeite Weltuntergang

Bäure: „Ach Gott, i ka's halt gar et fassa,
daß mir dui Welt müaßt schau verlassa,
au onsre Henne, Gä's und Enta
und d'Katz em Ofaloch d'rhenta,
und onser Viech, des wonderschö,
des ischt bis morga älles he!

Bauer: O Weib, jetzt hair doch auf mit Heula,
's wird mit dem Weltsturz et so eila;
mi tät d'r Sturz jo au et freua,
am meischta tät mei Moscht mi keia,
zeha Oimer send em Keller onta,
a Fäßle Wei' leit au no dronta
und no a Kischtle Bachstoikäs,
der wär jetzt g'rad so richtig räs.
M'r wöllet trotzdeam et verzaga,
und gohts heut nacht ons au an Krage,
brauchscht koi so fürchtig's G'sicht na z'macha.
Im Himmel geit's au guete Sacha,
da kriegst en bess'ra Magatroscht,
als Bachstoikäs und Äpfelmoscht."

Bäure: „O Ma, i wöt jo gwiß et bromma,
tät i mit dir en Hemmel komma;

Doch hau-n i gar koi saubers G'wissa,
i hau dia Stadtleut elend b'schissa,
i hau a saudomm's G'sicht nag'macht
und hentadrei en's Fäuschtle g'lacht. –
En Butter hau-n i O'schlich g'mischt,
mit gelbe Rüeba d'Farb aufg'frischt,
Kalkoier schö' mit Dreck verschmiert
und als ganz frische verhausiert.
Dia alte Gä's und au dia Henna,
mo mir hent nemme beißa könna,
dia hau-n i äll für jong ausgea –
und send se au zeha Johr alt gwea.
D'Milch hot m'r wölla gar nia langa,
drom be-n i halt an Hahna ganga;
a Liter äll Tag oder zwoi –
des druckt mi jetz wia Zentnerschtoi.
Jetz will i halt recht tapfer betta,
vielleicht ka-n i mei Seel no retta,
Ma, bett m'r helfa, komm, 's pressiert,
i moi, i häb en Rompler g'spürt."

Bauer: „O Weib, dir romplets jo em Maga,
der ka dui Knackwurscht et vertraga,
und betta hättest früher solla,
jetzt wird di wohl der Teufel hola.
Laß doch dei' saudomms Heula sei',
narr en d'r Höll bischt et alloi,
do wirscht de nobelscht Gsellschaft fenda,
denn dia hent doch de graischte Senda;

bloß daß m'r koin so richtig kennt,
weil se en d'r Höll koi Häs a hent.
's druckt jeder sich, so guet 'r ka,
do derfet d'Baura vorna na.
Do fendescht Grofa und Barona
und Fürschta mit und ohne Krona,
i könnt d'r do viel Nama saga,
's goht manchem Graußa an da Kraga,
oin sag i d'r, do woiß i's gnau –
da Schultes holt d'r Teufel au.
Jetzt moin i, wöllet m'r en's Bett
no spüret m'r den Rompler et;
gang her, no kriegst da letschta Kuß,
denn älles ziert a schöner Schluß.

Bäure: *(Am andra Morga um siebene):*
„He, Ma', wach auf, um Gotteswilla,
i hair jo dronta d'Ochsa brülla!
I sieh koin Schultes und koin Grofa,
i moi, miar seie recht verschlofa;
d'Sonn scheint zum Fenschter rei mit Pranga,
no ischt au d'Welt et onterganga.
(für sich) Jetzt ben i aber doch recht frauh,
daß i et älles beichtet hau."

I und mei liaber Ma

Mir send a luschtigs Ehepaar,
et z'gscheit und au et z'domm,
d'r Herrgott hot ons z'ema tau,
der hot schau gwißt worom:
daß mir zwoi z'ema g'haira tent,
sieht ons jo jeder a,
drom hent mir au anander kriegt,
i und mei liaber Ma.

Wenn er amol a G'sicht na macht,
koch i em Kuttelfleck,
und wenn er 's Floisch will mager hau,
noch iß halt i da Speck.
Und wegem Trenka fanget mir
airscht recht koin Streit et a –
do hent mir ganz da gleicha G'schmack,
i und mei liaber Ma.

Im Sommer, wenn d'r Urlaub kommt,
Herrgott, isch do ons wohl,
do ziaget m'r onsere Bergschua a
und fahret en's Tirol;
do gucket mir so kreuzfidel
von dene Bückel ra,
als g'hair dui ganze schöne Welt
ons zwoi, mir und meim Ma.

Und wenn's em Wenter Glatteis hot,
und älles rutscht und fällt,
ei, wia mi do der guete Ma
krampfhaft am Ärmle hält!
Und wenn's no doch en Rutscher tuet,
daß kois verheba ka –
no purzlet mir halt mitanand,
i und mei liaber Ma.

Fährt mir iabott d'r Rheusmateis
links en mei Achsel nei',
so reibt er mi so liebevoll
mit Opodeldock ei';
und kriegt no er da Hexaschuß,
leg i a Tuech druf na,
und bügle mit ema hoißa Stahl
da Buckel vo mei'm Ma.

So helfet mir anander aus,
so lang m'r d' Kräfta hent,
uf oimal ischt m'r alt und grau,
no hot dui Freud a End'.
No hent mir bloß no en oiziga Wunsch:
gelt, Herrgott, denk au dra',
und hol ons boide mitanand,
mi und mein liaba Ma.

10 Johr später

D'r Herrgott, ach, der mueß mi scheint's
et recht verstanda hau,
sonst hätt'r mi et uf d'r Welt
alloi d'rhenta glau.
Mei Herz verreißt'r stücklesweis,
bis i schier nemme ka –
und schließlich, noch viel schwere Täg,
holt er mein liaba Ma'.

Er kommt ganz leis en d'Kammer rei,
sait: „Zeit isch, Franzel, komm!"
Ich suech en jetzt bei Tag und Nacht,
schrei: „Lieber Gott, morom?"
Er sait: „Des wirscht du später seah –
sei still, kommscht au bald dra' –
em Sternaland, do wartet schau
uf die dei' liaber Ma'."

’s Zwoikendersystem oder verrechnet

A Herr hot zeah Johr lang studiert,
nia ischt em a Fehler passiert,
er hot au a praktischa Frau,
mit dera rechnet’r gnau:

„A Johr alt ischt jetzt onser Bua,
do g’hairt no a zwoit’s Kend d’rzua –
i be für’s Zwoikendersystem,
zwoi Kender send grad no bequem.“

Und richtig, zeah Monat stoht’s a –
’s ischt grad vor Weihnachta dra –
fällt wieder d’r „Bachofa ei” –
doch mueß do a „Druckfehler“ sei.

Em Haus goht’s geheimnisvoll zua,
zmol hoißt’s: Hurra, wieder a Bua!
Doch bald hairt m’r dopplete Schroi –
Allmächtiger, des send jo zwoi!

Wia ischt jetzt der Vater blamiert,
denn drei kommt raus, wia-n ’r addiert –
verkracht ischt’s Zwoikendersystem,
und Zwilleng send gar et bequem.

So viel Arbet

Vom Zollamt der Herr Sekretär
seufzt: „Herrgott, wia hent's mir so schwer!
M'r sieht vor Arbet nemme naus –
und ei'brennt hent se, 's ischt a Graus!"
Er reißt en Fenschterflügel auf
und schnupft und niest und hot a G'schnauf –
„Was für a-n-armer Tropf b-en-i" –
potz Blitz, jetzt sieht 'r wis-a-wi
grad en Finanzamtsekretär,
der faulenzt wia wenn's Sonntig wär.
Und der vom Zollamt kriegt a Wuet –
„Dia vom Finanzamt, dia hent 's guet!
So schö' möcht i 's no au amol hau,
bloß älleweil am Fenschter schtau!"

Der Herr Finanzamtsekretär
brommt: „Herrgott, wenn no d'Woch rom wär!
M'r mueß jo schufta, 's ischt a Schand –
i schmeiß da ganza Gruscht an d'Wand.
M'r schafft jo bloß für andre Leut
und wird a Dackel vor d'r Zeit.
Da ganza Tag koin Tropfa Bier,
und hoiß isch, m'r verlechnet schier –
i halt 's do henna nemme aus" –
er streckt da Grend zum Fenschter naus,

Do sieht'r grad zum Zollamt nom –
„Ja", sait'r, „dia send et so domm,
so schö' möcht i 's halt au amol hau –
da ganza Tag am Fenschter schtau."

Mißtrauisch

A Guck vol Guetsla hot d'r Bua
und hebt's mit boide Händla zua.
Sei Mama frogt des Männtle schlau:
„Du Mama, magscht du d'Guetsla au?"

„Was, Guetsla? Freile mag e dia."
Des Büeble roiflet, wia no nia –
„Du Mama, woisch, no trau e et,
und nemm se liaber mit en's Bett."

Zum Schuelei'tritt

Grüeß Gott! ihr liabe, kleine Leut!
Ihr kommet grad zur rechta Zeit –
de große Kender send jetzt naus,
drom hent m'r wieder Platz em Haus.
Vom Kenderschüle send ihr jetzt
glei en a rechta Schuel versetzt.
Alloi tent ihr jetzt mancha Schritt,
eur Mama ka-n-et äll Tag mit –
i woiß jo, daß ihr tapfer send
und daß ihr äll Kurasche hent!
Guck, wia des Fritzle vola Freud
sei Ränzle uf em Buckel trait,
und d'Else kommt ganz stolz d'rher,
denkt: „'s Lerna, des ischt gar et schwer."
Und wia dia Lehrer freundlich send –
's ischt gwiß, daß dia koin Stecka hent –
bloß mueß m'r brav und fleißig sei,
no geit's a Lob no obadrei.
Drom passet auf, ihr kleine Leut!
Vom Lerna, Herr, do wird m'r g'scheit;
mit Lesa, Schreiba fangt m'r a,
und wonderschö' isch, wenn m'r 's ka,
und 's Rechna, ach, des lernt m'r schnell –
ihr send jo en de Köpfla hell.
Am A'fang schafft m'r et so viel,
m'r macht au hie und da a Spiel,

Jetzt kommet no äll Tag zur Zeit,
’s goht a’, wenn onser Glöckle läut’.
Wenn’s aus ischt, saget ihr adje –
des Schuelgau ischt doch wonderschö!

A Reig’schmeckter

D’Schuel ischt gar et weit vom Wald –
herrlich tuet der rauscha –
d’Lehrere macht d’Fenschter auf,
d’Kender derfet lauscha.

Und se sait: De ganz Natur
tuet ihr’n Schöpfer loba –
Fritzle, wer hot wohl dean Wald
aufgebaut do droba?

’s Fritzle sait: Des woiß i et,
muescht en andra froga –
mir send airscht vor vierzeah Tag
en dui Gegend zoga.

’s Liesele will et alloi ens Bett

„Komm, Liesele, ens Bett, ’s ischt Zeit
zom Schlofa für so kleine Leut!
Komm, ’s Kloidle ra und d’Strempf und d’Schuah,
no nex wia nei und d’Äugla zua!
Guck, d’Heahla send beim Sonnaschei’
zum Schlofa schau en’s Ställe nei.“

„Moischt du“, sait druf dui kleina Krott,
„daß i alloi ens Bettle sott?
Wenn du et mitgohscht, gang i et –
worom soll denn bloß i ens Bett?
Alloi went d’Heahla au et sei –
de alt Henn, dui mueß au mit nei.“

Falsch gstocha

D’r Lehrer hot en Buaba grad
beim Kartaspiel vertwischt,
er haut em ois an Schädel na –
der woiß, was droscha ischt.

„Woischt au, für was d’ dui Ohrfeig kriegscht?
Wirsch ’s nächschtmol bleiba lau.“
„Jo“, heult d’r Bua, „weil i et mit
em König gstocha hau.“

Verliebt

Mädle, dei Röckle, dei Röckle ischt z'kurz,
henta koi Bändel und vorna koi Schurz!
Sieh-n-i dia Wädle en florige Strümpf,
be-n-i verlora – du hoscht älle Trümpf.

Mädle, dei Ärmle, dei Ärmle ischt z'rond,
descht zum Massiera a triftiger Grond –
guck, i nemm's Händle und streichle ganz sacht –
sag, wit's bei Tag, oder lieber bei Nacht?

Mädle, dei Göschle, dei Göschle ischt z'süeß,
krank macht d'r Blick uf des zuckerig Gmües –
dürft i dra schlecka a oiziga Stond,
wär i ganz sicher sofort wieder gsond.

Mädle, dei Herzle, dei Herzle ischt z'klei',
bischt so verschrocka und läscht mi et nei –
glaub's no, a Plätzle, a winzig's langt mir,
mo i des Herzblättle gar et schenier.

Erfüllte Wensch

Hot mi als Bua mei Mueter kämmt,
no hau-n-e mi d'rgega g'stemmt,
hau g'wenscht: Hättscht liaber gar koi Hoor!
Und heut? Heut ischt des leider wohr.

Mit 16 Johr, als jonger Lapp
verwensch i oft mei Klassakapp –
wär i doch älter etlich Johr!
Und heut? Jo heut isch zemlich wohr.

Mit zwanzge schuft i em Büro,
und denk: Wärscht doch d'r Chef d'rvo!
Hätt i 's et gwonscha, liaber Gott,
no ständ e jetz et am Bankrott.

Mit dreißge wensch i mir a Weib –
i halt des für en Zeitvertreib –
do fall e donnderschlächtig rei,
und seither laß e 's Wenscha sei.

Ausgfegt wird

D’Frau Abgeordnete kommt hoim,
hot’s Schnaufa kaum vermöga,
se hot heut heftig debattiert
mit de Parteikollega.

Se schmeißt da Huet uf’s Sofa na,
da Mantel au d’rneaba –
„So‘, schreit se an ihr’n Auguscht na,
„bald ka’ m’r was verleaba.

Ausgmischtet wird von Grond auf jetzt,
und wenn m’r dra verleaget –
von Eise mueß der Beasa sei,
mit deam mir’s Land ausfeaget.“

D’r Ma klopft still sei Pfeifle aus,
no sait’r halb mit Banga:
„Wit et mit Deiner Feagerei
en onsrer Stub a’fanga?“

A gueter Halt

A Maurersbua schafft uf em Dach –
des ischt fei koi Vergnüega –
oft rutscht m'r bei der Arbet aus,
ka' au en Schwendel kriaga.

Beim Blitz, m'r sieht dean Kerle schau
glatt über's Dach na schleifa,
doch onta ka' d'r Bua zum Glück
d'Dachrenne grad no greifa.

Do hangt'r en d'r Luft und brüllt:
„A Loiter her, a Loiter!"
D'Dachrenne ischt no nagelnui,
dui wird schau heba, moit'r.

D'Leut uf d'r Stroß verzwazlet schier,
d'r Pfarrer ischt grad au komma –
„Wenn endlich doch dui Loiter käm!"
seufzt jederma' beklomma.

„Halt dich an Gott!" mahnt d'r Herr Pfarr,
do schreit d'r Fetz: „Des kenn e,
wer woiß, ob der mi heba ka –
i heb me an d'r Renne.

Em „Hans Kanari“ sei Frühjohrsausflug

A Jammer schallt durch's Pfarrer's Haus:
„D'r Hans ischt naus, d'r Hans ischt naus!“
D'Frau hot sei Türle offa glau,
und dussa ischt d'r Vogel schau.

Kaum daß der en d'r Freiheit ischt,
hot er a Spatzaweib vertwischt,
er macht'r glei sei Kompliment
und stellt da Schwanz, weil d'Liabe brennt.

D'Frau Pfarrer schreit: „Hans, laß de fei
et mit der wüeschta Spätze ei'!“
D'r Hans pipst: „Was ischt do d'rbei,
mo i doch ledig be und frei?

Dui gueta Frau verbopperet schier,
weil i des Spatzaweib pussier –
narr, uf da Frack kommt's gar et a,
wenn oina no guet schnäbla ka.“

Doch d'Spätze ischt a saudomms Tier,
verjagt dean nobla Kavalier –
se hot ihrn Alta komma seah
und fürcht', 's könnt Mord und Totschläg gea.

D'r Hans fliagt uf da Birabaum –
des ischt schau lang sei stiller Traum –
selt tanzt grad d'Fräulein Distelfenk,
d'r Hansel agaschiert se flenk.

Doch wia-n 'r grad recht zärtlich tuet,
kommt schau d'r Papa vola Wuet,
der hot en jämmerlich verzaust,
au 's Fenkafräulein wird verlaust.

Em Hans vergoht d'r Liabesdrang,
und Honger spürt 'r au schau lang,
koi Fueternäpfle weit und broit –
do ischt oim d'Freiheit bald vertloid't.

Er fliagt zum Fenschter wieder nei
und denkt, wia isch d'rhoim so fei,
hoscht z'fresset gnueg dei Leaba lang,
hockscht faul und dick uf deiner Stang –

i glaub, daß d'Freiheit koim mai nützt,
der schau so lang em Käfig sitzt.

Em Ochsawirt sei vierbeiniger Kanariavogel

D'Katz schreit erbärmlich en d'r Nacht,
schreit en de höchschte Tö',
und was des Tier für Triller macht,
bis nauf zum hoha C.

A Gascht beklagt am Morga sich:
„Des halt e nemme aus,
des G'schroi, des ischt jo fürchterlich
und treibt oin aus em Haus."

„Herr, Sia verstandet halt koin Spaß
und au vom Viech et viel,
sonscht tätet Sia doch merka, daß
des Kätzle senga will.

Wia dui mir gerscht mei wondernett's
Kanariavögele frißt,
hot se glei denkt: 's ischt bodaletz,
wenn des mei Herr vermißt.

Jetzt will se mi für Narra hau
mit ihrer Sengerei,
und möcht me uf em Glauba lau,
daß des mei Vogel sei."

„Selbstlos“

D’r Franzel ziagt da Schlitta raus,
will hehlenga mit gau,
do schreit sei Mueter: Halt, du Tropf!
Muescht ’s Luisle au mit lau.

Des hot deam Buaba gar et paßt,
er brommt: „No gohscht halt mit,
wenn du jetz au mit Teufels G’walt
heut Schlitta fahra wit.

Uf so ma kleina Schlitta ischt
koi Platz für di und mi,
drom kriagscht en du halt nauf da Berg
und ronter nemm en i.“

Pünktlich

D'r Bua ischt 's airschtmol en d'r Schuel,
hot d'Zeit no et begriffa –
jetzt horcht 'r auf, om zwölfe rom
hot's en d'r Nähe pfiffa.
Do packt'r 's Ränzle zua und denkt:
I gang jetzt – weaga meiner –
„Halt!" rueft d'r Lehrer, „'s ischt no z'bald,
bleib no no sitza, Kleiner."
Des Büeble sait: „Du woischt en Dreck –
i be lang gnueg jetz g'sessa,
wenn's pfeifa tuet uf d'r Fabrik,
no mueß e hoim zum Essa."

Enttäuscht

D'r B'suech sitzt schau a ganza Stond
em Sofa dren em Hentergrond,
er sitzt und schwätzt, und denkt: 's ka sei
se ladet de zum Essa ei.
Doch neamer will dean Wonsch verschtau,
drom mueß'r eba hongrig gau.
Zum Büeble sait'r: „Kleiner Ma'
begleitscht du mi an d'Stroßabah'?"
„Noi", sait der, „i ka-n et mit dir –
glei wenn du fort bischt, esset mir."

D'r „Dokter" Hexaspeck „kuriert" d'Baura

I. D'r Bandwurm

D'r Bauer seufzt, daß Gott erbarm,
er spürt's em Bauch und au em Darm –
„Des glaub i", sait d'r Hexaspeck,
„en Bandwurm hoscht – i breng d'r 'n weg."
Er geit em glei a Elixir –
des Zuig verreißt dean Baura schier,
er jammert: „Descht a schöner Dreck,
i komm vom ‚Häusle' nemme weg,
und älles ischt schau waih und wond,
em Bauch und au em Hentergrond.
O Weib, i trau m'r nemme naus,
jetzt kommt schau Bluet – i glaub, 's goht aus!"

„Du liaber Gott, no mueß e gau
da Oberamtsarzt hola lau –"
Der Doktor schüttelt bloß da Kopf –
„Verprüglet g'hairt a sotter Tropf!
Was saufet ihr au älla Dreck
von dem verdammta Hexaspeck!
Der Bauer hot a Roßnatur,
sonscht wär 'r he von dera Kur.
Was wird denn der en Bandwurm hau –
soviel sott jo a-n Ochs verstau!
Narr, Hämorrhoida hot der Ma' –
's ischt guet, daß i no helfa ka."

II. Fiaber und Durscht

„Michel, jo, i sieh d'r 's a,
du hoscht Fiaber, liaber Ma' –
i werd's schau vertreiba –
hoscht en arga Durscht d'rbei?
Paß no auf, i will d'r glei
a Arznei verschreiba."
„Dokter", sait d'r Michel keck,
„schaff du no des Fiaber weg,
des tuet mi scheniera.
Für da Durscht, du G'scheitle, lueg,
woiß i selber Mittel gnueg,
und brauch et studiera."

III. Augadiagnostik

„Ei", sait d'r Dokter Hexaspeck,
„em rechta Aug sieh'n i en Fleck,
der zoigt uf kranke Niera",
d'r Patient sait: „Bischt verruckt?
du hoscht mir jo en's Glasaug guckt –
so ka-n-i au kuriera."

Herbststurm

Aus ischt d'r Sommer, 's Laub des fällt,
und d'Blüemla müeßt verderba –
mir isch, als ob mi nex mai hält,
als müeßt i au mit sterba.

D'Welt ischt uf oimol kalt und leer,
's ischt äller Glanz verschwonda,
wia wenn koi Sonn' am Hemmel wär –
troschtlos verrennet d'Stonda.

Der Herbststurm o'barmherzig weht,
hot äll mei Glück mitgnomma –
wenn i au klag von früah bis spät,
nia wird's mai wiederkomma.

I suech's zu jeder Tageszeit,
i suech's en älle Gassa,
bei Nacht mei Herz em Jammer schreit:
Morom hoscht mi verlassa?

Bald kommet kleine weiße Gäscht,
dent woich a Grab bedecka,
dren schloft mei Glück so tiaf und fescht,
koi Früehling ka's mai wecka.

A studierta Ehefrau

„Herrgott, was send des für Knödel!“
brommt d’r jonge Ehema’,
„wettscht, daß i mit so ma Stoiklotz
glatt oim ’s Hirn nei schmeißa ka?“

„I hau’s pünktlich noch mei’m Kochbuech
fabriziert und siada lau –
’s Wasser will e ontersuecha,
des wird wohl z’viel Kalkstoff hau.“

„Gang, mei Mueter soll d’r ’s zoiga,
dui guckt en koi Kochbuech nei,
von Chemie verstoht se gar nex –
aber d’Knödel macht se fei’.“

Tierschutz

D'Tante Gret ischt beim Tierschutzverei'
und prägt ihre Neffa und Nichtela ei':
„Ploget koi Tierle, des ischt so a Send,
's Tierle spürt d'Schmerza so guet wia a Kend.

Hei, bei d'r Tante ischt Kaffeevisit,
au dui War, dui kleina, derf mit,
dia sperret d'Schnäbel auf, d'Tante schenkt ei –
fliagt do a Mückle en Milchhafa nei.
D'Tante fischt's raus, geit's em Bueba en d'Hand –
„Schnell trag's en Garta und leg's auf da Sand!"
Der nemmt's en d'Fenger, und auf paßt'r guet,
daß's jo deam Mückle, deam arma, nex tuet.
Holla – do kommt'r schau wieder em Schuß –
„do hoscht dei Muck wieder, 's regnet jo duß.

Wer d'Mueter pflegt

's Lisabetle kommt heut z'spät,
rennt en d'Schuel wia b'sessa,
hot vor lauter Angscht und Eil
's Schnaufa schier vergessa.

Wia des Mädle d'Tür aufmacht,
dent schau d'Kender senga –
„Worom kommscht so spät?" so frogt
d'Lehrere, dui strenga.

„D'Mueter leit so krank em Bett,
zua send älle Türa –
i hau müeßa selber mi
a'ziah und frisiera."

„Heul doch et, du kriagscht von mir
koine Hieb d'rwega –
aber sag, wer ischt d'rhoim
zum dei Mueter pflega?"

„D'Kammertür ischt g'schlossa gwea,
hau et gucka könna,
aber soviel hau-n-e g'seah –
d'Hebamm, dui ischt drenna.

Dorffriede

I. Sommernochmittag

So schtill isch em Dorf a ma Sommermittag,
bloß d'Uhr uf em Kirchturm tuet iabott en Schlag.

D'Sonn brennt uf dia Dächer, a Lüftle goht kaum –
ganz hehlenga zittert a Blättle am Baum.

Em Stall surret d'Mucka, leis brommlet a Kuah,
d'r Hond en d'r Hütte, der schnarchlet d'rzua.

Dia Vögela träumet, vergesset ihr Liad,
au's Hennavolk sitzt uf d'r Staffel so müad.

Em Wägele 's Kendle hot d'Äugla zuagmacht,
schloft friedlich und selig – sei Schutzengel wacht.

Sonscht sieht m'r koin Menscha, 's ischt älles em Feld,
und d'Türa send offa – 's fend neamer a Geld.

Moischt, d'Zeit ständ au still an deam Sommermittag –
doch d'Kirchuhr goht und tuet iabott en Schlag.

II. Wenternochmittag

Em Wenter, do wöllet dia Baura ihr Ruah,
do machet se d'Türa und d'Fenschter fescht zua.

Blost dussa d'r Schneewend, rumort em Kame',
no isch en d'r Stub, en d'r warma so schö'.

Em Röhrle dren surret's, d'r Bua gucket nei –
dia brotene Äpfel, dia schmecket so fei.

D'Mueter flickt d'Lompa, und d'Ahna, dui strickt,
d'r Ähne, der sitzt hent'rem Ofa und nickt.

D'Gret schreibt en Aufsatz – dui hot Phantasie –
's Neschthäkle sudlet a Tafel voll „i".

D'r Vater liest's Blättle und bruttlet iabott:
„Em Dreck steckt d'r Karra, goht et hischt und et hott."

D'r Karle fährt Schlitta und 's Guschtävle schleift –
d'r Viehjud, der schillet an's Haus nom und pfeift.

D'Katz leit am Ofa und 's Hondle d'rbei,
d'Rendviecher däuet und faul gronzet d'Säu.

Obeds em achta blöckt kaum no a Schof –
a halbe Schtond später leit älles em Schlof.

D'r redselig' Sommergascht und d'r maulfaul' Stoffel

„Stoffel, wia goht's au d'r Ricka?
Ischt se dei Schatz no, dui dicka?"
„Noi."

„Du bischt a richtiger Stoffel,
g'hairscht schau lang ontern Pantoffel."
„Moischt?"

„So a liabs Mädle et möga!
Du bischt a Ladschtock d'rgega."
„So?"

„I sieh se nemme em ‚Fäßle' –
ischt se denn fort aus em Gäßle?"
„Jo."

„I mueß so oft an se denka,
möcht'r a Küßle gern schenka."
„Oh!"

„Ischt se am End schau verheiret?
Hot se ihr Hochzich schau g'feiret?"
„Jo."

„Descht au a Urschel, a domma –
sag, wean hot se denn gnomma?"
„Mi!"

Was d'Landstroß verzählt

Ihr Menschla, ihr kloine, ihr schweiget jetz still,
wenn d'Landstroß ebbes verzähla will!
Glaubet no et, daß i mi schenier,
i be doch viel hondert Johr älter als ihr.
I werd au solider von Johr zu Johr –
so ebbes kommt jo bei uich et vor.
Ben ällaweil z'frieda, ob's regnet, ob's schneit,
ob d'Sonn uf mi brennt, ob's a Donnderwetter geit.
Bloß wird's en de Dörfer und Städt' mir oft z'laut –
selt werd i au meischtens barbarisch versaut.

Was moinet ihr Leutla, moher i wohl stamm?
I ben schau so alt wia d'r Abraham.
Der ischt uf mir g'wandert mit äll seine Kender,
Kameler und Schäfla und Esel und Render,
und dia raufluschtige Israelita
hent mit de Philischter gar oft uf mir g'stritta.
Au d'Mesopotamier, Perser, Chaldäer,
Ägypter und Indier kennet mi näher,
von de Römer, do will e gar et schwätza,
dia hent me schwer drangsaliert, dia Fetza,
dia hent uf mir de halb Welt durchzoga,
do ischt fei d'r Staub äls anderscht g'floga!
Überhaupt dia Krieg hent me schwer mitg'nomma,
was ischt do älles über me komma –
Elefanta, Sturmböck und Katapult –
Herr, do brauchscht fei a Eselsgeduld!

Sanitätswaga, Feldkücha, Mörser, Haubitza
und Reiter mit Harnisch und Silberlitza.
Viel taused und aber taused Soldata
send Tag und Nacht durch mein Dreck durchg'wata –
von deane stenkete Knausbirastiebel
wird's sicher d'r kräftigsta Landstroß übel.

Doch d'Zeita werdet au wieder milder,
gottlob sieh-n-e wieder friedliche Bilder –
Wallfahrer suechet ihr hemmlisch Ziel,
se senget Liader und betet viel.
Do kommet Fuhrleut mit Kaufmannswara,
Zigeunerkärra sieh-n-e oft fahra,
au Marktleut und Juda em Handelseifer
und hie und da en Scheraschleifer.
Au Pfannaflicker und Hafaleut
hot's viel no gea zu selbiger Zeit.
Viel wanderluschtige Handwerksg'sella
tua i zu meiner Kondschaft zähla,
au Lompag'sendel marschiert d'rbei,
denn d'Landstroß ischt jo für älle frei.
Am Obed bei Mond- und Sternaschei',
do stellet sich d'Liabespärla ei –
wenn's no so küssa und kosa tuet,
des tuet au mir alta Landstroß guet.
Wenn d'Postkutsch kommt und so frisch und froh
sei Liadle blost d'r Poschtillio,
und i dren a Hochzeitspärle sieh –
des ischt a Feschttag au für mi.

Doch ach vorbei send dia herrliche Zeita,
a Landstroß ischt heut nemme zum beneida,
m'r wuehlt dren rom mit Haua und Schippa
und macht oim en stoinerna Panzer om d'Rippa,
no raset Vehikel d'rher wia d'r Teufel –
ob d'Leut no normal send, do be-n-e em Zweifel –
se werdet schau seah, was se do profitieret,
wenn se so narret durch's Leaba pressieret.
Hoit oiner sei Fuhrwerk et richtig em Zaum,
no hangt'r uf oimol verquetscht a ma Baum.
Motorrad und Auto send feindliche Brüeder,
se boxet anander, verrenket sich d'Glieder,
d'r oine bleibt liega, d'r ander fährt fort –
und des ischt d'r neueschte Landstroßesport.
Mir ischt des Jaga und Renna a Graus –
's ischt halt mit der alta Gemüetlichkeit aus.

I be koi Studierter und schwätz, wia-n-e ka,
doch sag i, was wohr ischt, und lüeg uich et a,
i be bloß a Landstroß – i ka nex d'rfür –
doch werd i viel hondert Johr älter als ihr.

D'Braut packt ei

Von's Widmaier's Mädla kriegt oina en Ma',
se richt' ihr Aussteuer – m'r tuet, was m'r ka'.
Weißzeug und Kücheg'schirr packt se heut ei' –
Jerom, was kommt en dia Kischta äls nei!
Obadrauf kommet no d'Kloider und d'Schuah –
neamer derf helfa – d'r Dackel guckt zua.
Ei'sacka tuet se no, was se vermag –
airscht noch d'r Hochzich kommt's langsam an Tag.

Älle Tag fehlt ebbes anders em Haus,
grad wia verhext isch, und neamer brengt's raus.
D'Mädla, dia heulet, und d'Mueter, dui suecht,
's Dachshondle schwänzlet, d'r Vater, der fluecht.
Sacktüecher fehlet, mit Spitza garniert,
zwoi alte Bettziacha, blauweiß kariert.
„I hau zwoi Handschuah g'het – oin fend e bloß",
„mir fehlt a Onterrock", „mir fehlt a Hos'."
„Mir fehlt mei Reagaschirm", „mir mei Korsett" –
und gar d'r Pensel ischt fort em Closet.

D'r Vater vermißt sein Rasierapparat
und d'Mueter ihr'n Speck und a Glas Marmelad.
Hammer und Beißzang send au et am Ort,
und gar a Sofakisse ischt fort,
's Kölnisch Wasser und d'Ondolierscher' –
d'r Kaffe ischt g'stohla und d'Zuckerbüchs leer.

Übrige Stoffrescht und brauchbare Fleck,
und de schö' Tischdecke – älles ischt weg.
Schiergar kommt's zu ma Familiastreit,
weil jedes d'Schuld e ma andera geit.

Am Sofakisse brengt's d'Mueter raus –
uf deam ruht gemüetlich d'r Schwiegersoh' aus –
se schnüfflet a bißle und fend au no maih,
doch weil's a guat's Weib ischt, drom schickt se sich drei.
„Gottlob", sait se, „d'Aufregong hot doch a End
und älles, was fehlt, ischt en oigene Händ.
Doch wenn wieder oina heirata tuet,
no pack'r i selber ihr Heiretguet."

Wieder d'rhoim

's Mädle kommt hoim von d'r Stadt –
älles em Hof ischt ganz platt –
„Guck, do kommt onser Marie!"
schreit de ganz Menascherie.
D'Gäs strecket ihr'n Kraga naus –
„Was brengt m'r denn do ens Haus?"
D'r Gockel schreit: „Kikeriki!
Dui stellt da Kamm ärger als i!"
Und d'Enta maulet: „Quack, quack!
en Staat und koin Pfennig em Sack."
D'Tauba, dia lachet: „Girr, girr,
wia ischt des Mädle so dürr!"
D'Sau henta dussa, dui gronzt:
„Dui hent se sauber verhonzt."
's Hennevolk tuschlet: „Ei, ei –
der ihr Stolz vergoht glei!"
„Was dui em Ackerfeld tuet
mit deam hoffärtige Huet?"
„Wart, wia der Hochmuet vergoht,
wenn se em Stall drenna stoht,
d'Lackschuah und seidene Strempf
und äll dia vornehme Krämpf!"
's Spatzavolk lärmt henter'm Haus:
„Schmeißet des Kuckucksoi naus!"
D'r Fenk uf em Birabaum schreit:
„Horch et, des ischt lauter Neid!"

’s Hondle ziagt d’Nas nauf und brommt:
„Ghairt dui zu ons, mo do kommt?
Des wird a Stadtjongfer sei,
dui paßt jo gar et do rei!“
Hentrem Ofa leit d’Katz,
schnurrt: „Was kommt do für a Fratz?
Dui putzt sich öfter wia-n-i –
paßt dui für d’Ökonomie?“
’s Bläßle em Kuahstall brüllt: „Muh!
Magscht me denn gar nemme, du?
Woischt doch, daß mi’s schier verreißt,
wenn me’s am Ohrläpple beißt!“
’s Schemmele bruttlet: „Du Krott,
saischt du zu mir et: „Grüeß Gott?“
Langt’s für en stoialta Gaul
koin Bröckel Zucker en’s Maul?“ –
’s ischt uf em Hof grad a To’
wia bei ’r a Revolutio’ –
’s Mariele macht sich nex draus,
ziagt glei ihr’n Sonntigsstaat aus.
„Wartet, ihr nasaweis G’schmoiß,
uich breng i wieder en’s Glois –
d’Stadt ischt vergessa – juhe!
Wia isch d’rhoim doch so schö’!“

D'Schulzawahl en Zondelbach

Neuzeah Schulzakandidata!
Saperlot, geit des en Kampf!
So a Sortiment verklauba –
Herr, do langt's no manchen Dampf.

Sechs d'rvo send glei verduftet –
des send et de dümmschte gwea –
daß se ontern Schlitta kommet,
hent dia schau em voraus g'seah.

Dreizeah hent da Kampf aufgnomma,
also fällt a Dutzed rei,
zwölf hent omasonscht sich gschonda,
oiner bloß ka Schultes sei'.

En d'r Wahlversammlung brodlet 's,
kocha tuet's em Baurahirn,
und d'r Kandidat, der babblet,
wischt da Schwoiß sich von d'r Stirn.

Elf tuet m'r bald ausranschiera,
so ischt d'Auswahl nemme schwer –
freile gäng's no leichter, wenn m'r
mit de Weiber einig wär.

Dia send uf da Schwarz versessa,
d'Männer möchtet gern da Weiß,
jeda von de zwoi Parteia
will da ihr'n om jeden Preis.

„Hemmelstuegert!" brüllt d'r Maurer,
„zoiget, daß 'r Männer send!"
„Pfeifadeckel!" schreit d'r Büttel,
„i hau schau mei Gosch verbrennt."

„Schilla tuet 'r", brommt d'r Frieder,
oiner moint, 'r häb en Kropf,
Plattfüeß sieht d'r Schneidertone
und d'r Jörg en Wasserkopf.

D'Weiber dent sich au versammla,
hent zum Kocha kaum no Zeit,
nex wird putzt mai en de Stuba,
wenn d'r Dreck au juhe schreit.

Als erprobte Kampfgenossa
g'wennet se da Lehrer Brenz –
onternehmend durch da Flecka
wedlet seine Schwalbaschwänz.

Und da Männerkandidata
stürzt m'r glatt vom Schulzathro'
und sein ganza Lebenswandel
ziagt m'r durch da Kakao.

Doch de Männer, deane Sempel
wäscht m'r äll Tag ihre Köpf,
bis se d'Fehler nemme sehet,
nex von Plattfüeß und von Kröpf.

„O du Ochs!“ sait d'Schulzabäure,
„merkscht denn et, daß 's dreizeah schlächt?
Und daß von deim Stall vol Mädla
oina gern da Schultes möcht?

Wer bei ons will Schultes werda,
mueß a Frau vom Flecka hau,
uier Weiß, der hot schau oina,
der soll d'Hand vom Butta lau.“

Wer möcht et gern Schwiegervatter
vom a Ortsvorsteher sei?
Guck, dia Zondelbacher Weiber
wickelt ihre Männer ei.

Hot m'r au no g'schempft und g'stritta,
weil et äll' behandlet send –
schliaßlich ischt der Schultes worda,
dean mo d'Weiber wölla hent.

D’Frau Maier braucht a Stütze

I be aheba alt und grau –
’s ischt nemme zum verhehla,
d’Füeß wöllet nemme so wia einst,
und au em Kopf tuet’s fehla.

Wia mi der Haushalt schlaucht! I tua’s
en älle Knocha spüra;
mei Alter will drom hau, i soll
a Stütze agaschiera.

Jetzt krieg e gar da Hexaschuß
und ka’ me nemme bucka,
drom gieb e schließlich noch und laß
d’Annos en d’Zeitong drucka.

Ischt des a G’läuf! Da ganza Tag
mueß i an d’Glastür renna,
mir goht schiergar d’r Schnaufer aus –
do soll m’r wähla könna!

De airscht, dui hot en Bubikopf –
jo Mädle, ka’scht d’r’s denka,
daß du mir deine Zottelhoor
derfscht en mei Supp neischlenka.

De zwoit, dui hot a Loch em Strompf,
d'r Schuah ischt am Verschlitza,
ihr Zuastand kommt m'r vor, wia wenn
sui ebber brücht zum Stütza.

De dritt, dui kommt mit nackte Ärm –
Herr, des ischt au a Glatta,
und Glacéhandschuah hot se a
bei vierzig Grad em Schatta.

De viert, dui schillet, liabe Zeit,
dui ka-n-e au net b'halta –
do woiß e nia, guckt dui uf mi,
oder schillt se noch mei'm Alta.

De fünft, dui will glei fufz'g Mark Loh' –
do ka-n-i nemme landa –
und d'Koscht d'rzua und 's Krankageld –
do tät m'r mir verganta.

's kommt no a Dutzed hentadrei',
doch i hau koine g'nomma,
mir ischt aheba 's Zäpfle na –
de Recht ischt halt et komma.

Und wieder schellt's – was kommt wohl jetzt,
i laß en Seufzer fahra –
Hurra! Dui ischt mei Ideal
do be-n-e bald em Klara.

A Bauramädle, klei' und dick –
dui ischt leicht zum Verhalta,
a jongs, a o'verdorbe's Deng –
i moi, dui wöll e b'halta.

's Babettle brengt da andera Tag
a Schachtel ond a Päckle –
i tue's glei uf d'Veranda naus –
dia Sacha hent a G'schmäckle.

Se kommt m'r au so staubig vor,
drom schick e's glei en's Bada –
em G'ruch noch moin e schier, se hätt
no Kuahdreck an de Wada.

Am nächschta Morga fang e a,
mei Stütze zum Dressiera –
so dappig hau-n-e doch no nia
a Weibsbild seah hantiera.

Des Handwerkszeug paßt gar et nei
en ihre Bauraklaua –
glei hot se mit em Besastiel
em Schiller d'Nas wegg'haua.

's G'schirr fällt'r bloß so aus de Händ,
und älle Tag geit's Scherba –
mi juckt's, i möcht deam Trampeltier
am liebschta 's Fell vergerba.

Se läpperet 's Wasser omanand,
tappt's aus und schloift's en d'Zemmer,
i mit em Lompa hentadrei –
mei Hexaschuß wird schlemmer.

Am Gasherd hot se d'Händ verbrennt,
jetzt fürcht se 'n o'geheuer –
mei Kuchehandtuech hot a Loch
und au ihr Schurz, ihr neuer.

I breng nex an des Mädle na,
dui wird jo äll Tag demmer,
und was i koch, des mag se net,
des schleckig Frauazemmer.

Gerst z'Obed hent m'r Häreng g'het –
de'scht doch a Herraessa –
dui schmeißt ihr Fischle en's Closet –
ischt des et gottsvergessa?

Sacktüecher tuet m'r uf em Land
em Sonntigs bloß benütza,
em Wertig hot 's Babettle drom
en Kucheschurz sich g'schniza.

Jetzt hot se au no 's Hoimwaih kriagt,
heult jämmerlich beim Spüela,
und tuet ihr Elend schoppaweis
en d'Spüelgölt einetrüela.

Viel liaber möcht se älle Tag
d'rhoim da Kuahstall mischta,
do gäb's zum Veschper Moscht und Käs –
so hot des Mädle G'lüschta.

Jawohl, wenn i se mäschta tät,
des tät deam Weibsbild g'falla –
i werd aheba ganz nervös
und spür's au an d'r Galla.

Heut komm e hoim vom Kaffeklatsch
und denk: Wit 's beschte hoffa –
was glaubet'r, jetzt ischt mei Magd
mit Sack und Pack vertloffa.

I fend en Briaf von ihrem Schatz,
do schreibt der Bauralackel:
„Bleib no et bei der alta Hex,
do wärscht a schöner Dackel!"

Mei Alter brommt: „Des g'schieht d'r recht,
des hot so müeße komma –
hättscht auf dia paar Mark Loh' et guckt
und a Perfekta g'nomma.

Wenn i vom Dienscht komm, möcht mei Ruah,
kommscht du mit deine Klaga –
i hau jetzt an deim Schmarra gnueg,
mir romplet's schau em Maga."

Do stand e mit mei'm Hexaschuß
und mit mei'm Nasastüber –
i glaub, i kriag an Nervaschock
und d'Galla lauft m'r über.

I sag: „Du bischt a Grobian
und ka'scht bloß kritisiera –
wenn du so g'scheit bischt, tua doch du
a Stütze a'gaschiera."

„I woiß d'r oine", sait 'r druf,
„dui wird di nia verdriaßa –
fahr nom uf Wasseralfinga
und laß d'r oina giaße!"

D'r bruttlig Heiner wird kuriert

D'r Heiner ischt a grober Mensch,
tuet's ganz Johr räsoniera,
und weaga nex und wieder nex,
tuet er sei Frau bugsiera.

Er schempft: „Soll des a-n Arbet sei,
des Putza, Kocha, Bacha?
a Ma' tät so a bißle G'schäft
em Handomdreha macha.

D'rhoim dui saudomm Schafferei
brengt so wie so koin Nutza –
ihr könnet nex als Tag für Tag
de Männer 's Geld verputza."

Sei Hanna greift's et b'sonders a,
se läßt dean Dickkopf bromme,
und denkt, 'r wird schau mit d'r Zeit
au no zur Ei'sicht komma.

Jetzt tuet ihr grad em Januar
ihr kranka Schweschter schreiba,
daß d'Hanna sui doch b'suecha soll
und au a Zeitlang bleiba.

D'r Heiner hot en Brommer dau –
„Von mir aus ka'scht verroisa,
gang no, do paßscht am beschta na,
zu deane Küah und Goisa."

Mo d'Hanna fort ischt, juchzt der Fetz:
„Jetzt ischt'r duß, mei Dracha! –
Wenn i dui Sach et schaukla könnt,
des wär direkt zum Lacha."

Am Morga wird d'r Kaffe g'macht,
natürlich glei zwoi Liter,
Zigore kommt a Vierleng nei –
dui Brüah schmeckt elend bitter.

Er brommt: „I hau zu deam Getränk
halt z'wenig Wasser g'nomma –
'S ischt bloß, bis i gau ei'g'schafft be,
no wird's schau besser komma.

A ganza Woch lang koch i mir
bloß lauter feine Sacha –
zum Mittagessa will e heut
en Pfannakuecha bacha."

Er macht en Stampf wia Spatzatoig
und schüttlet en en d'Pfanna,
'S Schmalz ischt natürlich halba kalt –
wart Männtle, du wirscht spanna.

Mo's hoiß wird, brennt d'r Toigklotz a –
„Wia dreht m'r jetzt dean Denger?"
Er schlenkt en rom, und 's Schmalz spritzt naus
verbrennt em sieba Fenger.

Er bend't zwoi nasse Lompa rom –
des surret donndermäßig –
verbrenna läßt'r voll' da Bapp,
er ischt jetzt nemme g'fräßig.

Em Zorn ißt er en Bröckel Käs,
dean hot'r grad no g'fonda –
nex Warm's em Leib, und d'Händ verbrennt,
und omasonscht sich g'schonda!

Dia Blodera schenieret en,
d'Kollega, dia tent spotta,
d'r Maga knurrt wia Metzgerhond –
deam hot'r z'wenig botta.

Heut hot'r mit d'r Kocherei
schau elend d'Zäh' verschlaga,
am Obed kauft 'r sich d'rfür
a halb Pfond Schwartamaga.

Da-n andra Morga stellt'r glei
sein Hafa Milch uf's Feuer
und liest d'rweil sei Morgablatt –
zmol stenkt's ganz o'geheuer.

Und wia-n 'r naus en d'Kuche rennt,
do merkt'r glei da Schada –
d'r Haf' mit samt d'r Milch verbrennt
und raucht en dicke Schwada.

D'r Heiner will koi Früehstück mai,
so ischt der Ma' verschrocka,
bend't sich en Schurz om d'Taille rom
und tuet da Hausgang blocka.

No putzt'r d'Schuah und macht sei Bett,
mueß gottserbärmlich schnaufa –
em Zemmer om da Ofa rom
leit Äscha, ganze Haufa.

Und macht'r 's Ofatürle auf,
kommt em no mai entgega,
er tuet halt uf da alta Dreck
no drei, vier Briket lega.

Jetzt dappt'r en d'r Äscha rom
und will's doch zemakehra,
d'Staubwolka wadlet en d'r Stub,
des tuet en zemlich störa.

O saperlot – 's ischt Zeit en's G'schäft,
sei Brot verzehrt'r trocka –
um zwölfa tuet sei Honger ehn
mit G'walt en's Gasthaus locka.

Des Essa schmeckt em gar et recht,
d'Hanna tuet besser kocha,
und teuer isch, do wär der Ma'
bankrott en etlich Wocha.

Am Obed ischt d'r Ofa aus,
jetzt steckt'r en d'r Klemme;
d'r Staub leit jetzt schau fengersdick –
d'Stub g'fällt em selber nemme.

Und wia ischt d'Kuche airscht versaut,
's tuet em aheba grausa –
's ischt koi Vergnüega für en Ma',
wenn er alloi mueß hausa.

Jetzt sitzt'r na und schreibt seim Weib,
se müeß glei morga komma –
wenn se bis übermorga wart,
häb er sich 's Leaba g'nomma.

D'r Schwarzwälder Bauer auf em Landwirtschaftlicha Hauptfescht

Weib, do hoscht mein Sonntigskittel,
ziag m'r au glei d'Stiefel ra –
bei dem Sapermentsgeschüttel
fällt oim schier d'r Maga na.

Tua da grauße Moschtkrueg schwenka,
übersche! und et lang brommt –
moischt, dei Ma' wöll nex zum Trenka,
wenn'r hoim von Cannstatt kommt?

Zairschta sorg du für da Maga,
no verzähl i, was 's hot gea,
also, mo's hot zehne g'schlaga,
be-n-e bei'r Eröffnong gwea.

Dia mit Fräck und mit Zilender
send natürlich vorna dra –
i stand zemlich weit d'rhenter
zu de andre Baura na.

Guet, daß 's Schwätza et lang dauret –
mir verstandet d'Hälfte bloß –
mi hot's schau aheba g'schauret
en der kurza Lederhos'.

Hengscht send omanander gloffa,
Viecher mit und ohne Horn,
stramme Reiter hot m'r troffa,
dia hent an de Haxa Sporn.

Pfiffig tuet a Bäuerle laura,
will sei G'schmoiß prämiera lau,
hot g'moit, dia Manschettabaura
werdet doch et viel verschtau.

Doch dia Herra ganget sicher,
lupfet Küah- und andre Schwänz,
und de ällerbeschte Viecher
kommet hoim mit Lorbeerkränz.

Neber mir d'r Mesnertone
murmlet en seim Kirchabaß:
„Nochber, 's ischt fei gar et ohne,
so a Rendviech erster Klass'."

Eber, Mueterschwei' und Ferkel
ka' m'r seah en Nomero drei,
sauga dent die kleine Wärgel –
's ischt a rechta „Sauerei".

Schofsköpf und stupide Hämmel
glotzet mi verwondert a,
oiner boxet en seim Femmel
ällaweil an Pfoschta na.

D'Goisböck schillet über d'Latta,
schlecket an de Goisagrend,
möchtet gern en B'suech abstatta,
weil dia Kerle d'Liabe brennt.

Henna hot's und Gä's und Enta,
älles schnattert, gaxt und kräht –
en deam Stall ka-n-i nex fenda,
was me entressiera tät.

Henter mir sait so a Lalle,
daß m'r Hasa züchta müeß –
richtig, 's hot jo en der Halle
gega taused Hasafüeß.

Landwirtschaftliche Maschena,
Schlepper, Pflüeg und anders G'rät,
au a Güllapomp, a schöna,
sieh-n-e, dia m'r g'falla tät.

Frucht kascht seah und Bluemaständer,
Gmües, des ischt a wahrer Staat,
und Kohlraba für da Wenter,
wia dei Möckel em Format.

Käsloib hot's wia d'Wagaräder,
Milch und Butter zentnerweis,
Bachschtoikäs – dean mag a jeder –
deam gäb i da airschta Preis.

’s gäb no vielerloi zum Gucka –
’s ischt jo älles guet und schö’ –
doch i moi, i wöll me drucka,
i be jetz schau halba he.

Schiergar hau-n-e nemme könna,
grausig hot mei Maga g’schria –
und em Bierzelt henta drenna
hau-n-e g’wicklet wia no nia.

Nochher hot me’s schier verrissa –
do verbrauchscht dei ganza Kraft –
heut will i fei nex mai wissa
von der ganza Landwirtschaft.

I schlarp onta naus zum Töerle –
’s wird aheba viera sei –
und glei tritt e om a Härle
en en Korb vol Bretzga nei.

Jerom, jerom, der Spektakel!
I glaub, daß i do et bleib –
und no drucket oim dia Dackel
schier no d’Kuttla aus em Leib.

So a aufpolierta Kätter
lockt: „Komm mit en’s Karesell.“
I bromm: „Gang zum Donnderwetter!“
Wia gäng’s mir en deam Tunnel!

Gelt, i hau me wacker g'halta,
hau me et verführa lau,
weil e denk: Bei deiner Alta
ka'scht doch 's gleich Vergnüega hau.

I be ohne mi lang z'bsenna
aus dem Hexakessel naus,
em'a Wirtshaus z'Cannstatt drenna
grueb e no a bißle aus.

So, jetz freu me uf mei Rüehle,
pflompf wia Mehlsack gau en's Nescht –
narr, et om a g'schecket's Küehle
gäng e nomol uf des Fescht.

A „schwerer Fall“

Zu was d’r Mensch en Blenddarm hot,
des hau-n-e nia begriffa,
der koscht bloß Geld und hot koin Zweck –
uf so en Darm isch pfiffa.

Mei Katre’ spürt a ganza Woch
em Bauch a saudomm’s Gremma,
se moit, dui Gegend von deam Schmerz
könnt mit em Blenddarm stemma.

„I mueß zum Dokter“, jommeret se,
„’s ischt nemme zum präschtiera.“
Der sait: „’s ischt ällerhöchschta Zeit,
Sie mueß m’r operiera.“

I breng se glei en’s Krankahaus –
und au no a-ma Freitig –
i ka doch ’s Weib et sterba lau,
i brauch’s jo no so naitig.

Glei goht’s zur Operatio’ –
do leit se uf em Schraga –
Herrgott, mir wird’s ganz zwoierloi,
als gäng’s mir an da Kraga.

Zwoi Stond sitz i em Warteraum –
bald geit's a Donnderwetter –
was schnipflet dia so ewig rom
am Bauch von meiner Kätter!

D'r Dokter kommt – a „schwerer Fall"
sei des mit meiner Alta.
I glaub's – dui wiegt zwoi Zentner schier,
ihr Bauch hot koine Falta.

Drei Wocha leit se em Spital –
des wird en Pfeffer koschta –
und wenn e frog: „Hoscht Schmerza?" hoißt's
„'s tuet halt a bißle gloschta."

Und wia-n-e 's hoimbreng, sait se glei:
„I tua no Schonung braucha,
woischt, so a Bauchaufschneiderei
tuet oin doch elend schlaucha.

Mit hondertfenfaneunzig Pfond
be-n-i en's Spittel ganga,
jetzt wieg e bloß no hondertachtz'g –
i moi zwor, 's wird no langa."

„O Heidaschender!" hau-n-e g'sait,
„des ischt a schöner Seaga –
i hätt nia glaubt, daß so a Blend-
darm fufzeah Pfond tät wäaga."

Katzawedel

„Zinnkraut“ oder „Katzawedel“ –
neamer hält des Kraut für edel,
und wia airscht die Baura schempfet,
Herr, wie dia’s em Feld bekämpfet!
O’kraut isch, i will et streita,
aber g’sond für älle Leida –
tuet’s von älle Seita zwicka,
brauchscht et glei zum Doktor schicka –
Katzawedelelixier
hilft d’r gwiß, i garantier.

Kritisches Kalendarium

Vom Feldsteußergottliab d. D. en Heslich schuckerweis nabruttlet an sein Freund, da Latrinakarle a. D. aus em Bohnaviertel

I sag d'rs Freund, mir send halt wärle
zwoi ausranschierte alte Kerle –
i be jetzt dischpensiert vom Steußla,
und du vom Gompa en de Häusla,
drom bruttlet mir halt früah und spot,
ob's Jährle kommt, ob's Jährle goht.
Wenn oiner nemme bruttla ka,
no fangt d'rfür sei Alta a.

Januar

Mit Glühwei' und mit Gratuliera
tent d'Leut en's nuie Johr spaziera,
und guck, se send doch trotz deam Krempel
em nuia Johr de alte Sempel.
Mei Alta hot de nämlich Raffel,
hot Runzla wia a Wengertstaffel.
Des Johr brengt halt, was 's brenga mueß,
und henta dra stoht: „Letschter Grueß!"

Februar

Em Februar ischt d'Narrazeit,
do rapplet z'Stuegert zemlich Leut,

Se tent d'Visascha tätowiera
und sich mit Lompa dekoriera.
D'Moral, dui leidet zemlich Schada,
und d'Jüngferla verfrieret d'Wada.
Ischt d'Fasnet rom, hot's Narrapack
ganz gwiß koin Pfennig mai em Sack.

März

D'r März, der hot de recht für Narra,
denkscht, jetzt kascht an de Kohla spara –
en de A'laga pfeifet d'Fenka,
d'r Nesabach tuet wieder stenka,
bei Tag und Nacht hairscht d'Katza schreia –
jetzt fangt's zmol wieder a mit schneia –
und wenn d'no recht verfraura bischt,
no merkscht, daß Früehlingsa'fang ischt.

April

Send dia Aprilabutza honta,
no sieht m'r viel so alte Konda
am Schloßplatz uf de Bänkla hocka,
de Amsla und de Spatza locka.
Se schempfet über schlechte Zeita
und könnet selber sich et leida –
i sitz halt uf mei Staffel na,
do scheint mi d'Sonna grad so a.

Mai

Wenn's uf d'r Gänsheid Blüeta schneit,
em Bopserwald d'r Kuckuck schreit,
und überall schmeckt's noch Zirenka –
no ischt halt Moi – des kascht d'r denka.
I stiehl am Hasaberg en Strauß,
mei Päule schmeißt me schier mit naus –
verschwend mit deiner Narretei!
Siehsch et, i hau doch Putzerei!

Juni

En Kaltatal duß blühet d'Rosa –
i be mit meine nuie Hosa
grad en en Hennadreck neig'sessa –
des Lobliad will e nia vergessa!
Sag Karl, serviert dir au dei Kätter
zur Rosazeit a Donnderwetter?
's Herz pfupferet de alte Hecht
au no en sotte Sommernächt.

Juli

Em Juli steigt mei Thermometer,
und Staub frißt jetzt en Stuegert jeder,
drom mueß m'r fleißig d'Gurgel schwenka
und d'Arbet an da Nagel henka.

Mei Päule möcht en's Wildbad roisa –
was tät 's do bei de Nochber hoißa?
„Wenn du mit G'walt wit badet sei,
no hockscht halt en dein Zuber nei!"

August

Wer em Auguscht mueß z'Stuegert sitza
büeßt seine Senda a mit Schwitza –
ganz gwiß lauft oim en Afrika
d'r Schwoiß et so da Buckel na.
I wär so gern zum Neuner ganga –
selt schwemmet m'r z'viel Klapperschlanga,
do wird de ganz Zeit spioniert,
und d'Männerschö'heit kritisiert.

September

Jetzt ischt'r wieder rom, d'r Sommer,
em Obed's schnatterescht schau wia Dommer,
meim Päule ischt au d'Hitz verganga,
se tuet schau noch d'r Bettfläsch langa.
Uf's Volksfescht möcht se – i mueß lacha –
„Was wit du uf em Wasa macha?
Narr, Du verstohscht doch nex vom Vieh,
und Weiber hot's gnueg ohne di'."

Oktober

Herrgott, was mi der Monat koschtet!
Sechs Zentner Äpfel hau-n-e g'moschtet –
en deane liederiche Zeita
mags jo koi Fäßle Wei' mai leida.
Zwoi Standa Kraut stampft 's Päule ei',
do fehlt jetzt halt a Sau drei' nei –
Grombira, hoißt's, sei grad so g'sond –
des G'fräß brengt oin voll' uf da Hond.

November

Ischt des a naßkalt's Sudelwetter!
Gelt, jetzt schlupfscht wieder na an d'Kätter!
Äll Tag muescht weiter Licht verbrenna
und mit em Kohlafüller renna.
Mei Alta sieht schau Eis em Kandel
und mault, se brauch en Wentermantel –
des Weib hot jo da Größawah'
von was schaff i en Mantel a'?

Dezember

D'r Wenter ischt m'r elend z'wider,
hau nex als Reißa en de Glieder,
und doch mueß i uf d'Meß nei laufa
und für mei Weib 's Chrischtkendle kaufa.

Drei Stond lang hau-n-e müeßa renna
und doch nex Passends fenda könna,
drom hau-n 'r a Reibeise g'schenkt,
des hot se glei an Chrischtbaum g'henkt.
I hau a Sacktuech kriagt mit Dupfa
und derf sogar am Chrischttag schnupfa.
Äll Tag kriag i a Platt voll Spatza
und Sooß d'rzua – Herr, do kascht schmatza!
Und am Sylveschter ischt m'r's komma –
d'r Mensch sott doch et ällaweil bromma –
narr, z'Stuegert isch doch wonderschö',
gottlob, daß i et z'Rußland be,
daß i et mueß zum Stempla gau,
und daß e di und 's Päule hau.

Ausklang

Gut' Nacht, ihr Leut', mei' Licht ischt aus,
und älles schloft em ganza Haus,
mei' Buech ischt voll, mei' Hirn ischt leer –
des kommt vom viela Dichta her.

Inhalt

Im Verlag Karl Knödler sind u.a. noch erschienen:

Rosemarie Bauer/Doris Oswald	Do lieg i ond träum
Fred Boger	Aus em Ländle
M. Bosch/J. Haidle	Schwäbische Sprichwörter und Redensarten
Fritz Joachim Brückl	Peterle vo dr Pfaffaschtub
Franz Georg Brustgi	A rechter Schwob wird nie ganz zahm
	Heiteres Schwabenbrevier
	Kleines Schwäbisches Wörterbuch
	Lichter spiegeln im Fluß
	Uf Schwäbisch gsait
	Schnurren um Franz Napoleon
	So send se, dia Schwoba
	Zu sein ein Schwabe ist auch eine Gabe
Kurt Dobler	Fürs Herz ond Gmüat
Norbert Feinäugle	Kleines Reutlinger Lesebuch
Harald Fischer	No so drhärgschwädsd
Lore Fischer	Von Adam ond Eva bis zu de Schwoba
Dr. Frosch	An schimmernden Gewässern
	Reutlingen aus der Froschperspektive
	Wolkenlücken
Bruno Gern	Des laß dr gsait sei
	Sonnawirbel
Erwin Haas	Ällaweil gradraus
	Wohl bekomm's
Karl Häfner	Württemberg, oh deine Herren!
	Alte Leut
	Mier Schwobe wearnt mit vierzge gscheit
	Vom schwäbischen Dorf um die Jahrhundertwende
	Vom Vierzger a'
Georg Holzwarth	Denk dr no
Ernst Kammerer	So isch no au wieder
Karl Keller	Poetisches Hausbüchlein für Schwaben
Otto Keller	Sacha ond Sächla
	Schnitz ond Zwetschga
	's End vom Liedle
Lore Kindler	D'r Spätzlesschwob
Matthias Koch	Kohlraisle
Wilhelm König	Dees ond sell *(auch mit Schallplatte)*
	Hond ond Kadds
Kurrle/Marx-Bleil	Gell, do guckscht!
Hedwig Lohß	Aus meim Schwalbanescht
Eugen Lutz	Mei' Wortschatz

Manfred Mai	So weit kommts no
Marianne Menzel	s' Kätherle läßt d'Katz aus em Sack
Helmut Pfisterer	Weltsprache Schwäbisch
Rösle Reck	Älles ischt menschlich
Marie Richter-Dannenhauer	A bonter Strauß Vergißmeinnicht
Ilse Rieger	Oder it?
Sebastian Sailer	Schriften im schwäbischen Dialekte
Adolf Schaich	Jetz isch letz
Hilde Schill	Moosrösle
	s' Schatzkämmerle
Heinz-Eugen Schramm	G-W (Gogen-Witze)
	Kaum zu glauben . . .
	Magscht mi?
	Maultasche'
	Wia mr's nemmt
Lina Stöhr	Grad zum Possa!
Wendelin Überzwerch	Erzähltes und Geschütteltes
	Uff guat schwäbisch
	Sprache des Herzens
Werner Veidt	Heiter fällt das Blatt vom Baum
	I möcht amol wieder a Lausbua sei
	Mr schlotzt sich so durchs Ländle
	Oh Anna Scheufele
	(Alle 3 Ausgaben auch in Kassette)
Friedrich E. Vogt	Bsonders süffige Tröpfla
	En sich nei'horcha
	Schwabenfibel
	Schwäbisch mit Schuß
	Schwäbische Spätlese in Versen
	Täätschzeit
Winfried Wagner	Berno
	Bloß guat, daß i an Schwob ben
	Mir Schwoba send hald ao bloß Menscha
	Ons Schwoba muaß mer oifach möga
Rudolf Weit	Grad so isch
	Net luck lao
	No net hudla
	Ois oms ander
Willrecht Wöllhaf	. . . was mir grad en Strompf kommt
Heinz Zeller	De ei'gspritzt Supp

In allen Bändchen findet der Leser und Vortragskünstler humorvolle, bodenständige und »bodagscheite« Gedichte, Witze, Anekdoten und Prosatexte zum eigenen Vergnügen und zum Vortragen in fröhlichen Kreisen.